A. W. Grube

Abraham Lincoln

Der grosse Staatsmann und edle Menschenfreund

A. W. Grube

Abraham Lincoln
Der grosse Staatsmann und edle Menschenfreund

ISBN/EAN: 9783743371286

Hergestellt in Europa, USA, Kanada, Australien, Japan

Cover: Foto ©Raphael Reischuk / pixelio.de

Manufactured and distributed by brebook publishing software (www.brebook.com)

A. W. Grube

Abraham Lincoln

Abraham Lincoln.

Abraham Lincoln,

der große Staatsmann und edle Menschenfreund.

Eine biographische Skizze

von

A. W. Grube.

Stuttgart, 1868.

Druck und Verlag von J. F. Steinkopf.

Abraham Lincoln.*)

1.

Die Vereinigten Staaten von Nordamerika sind jetzt ein Reich, das vom atlantischen bis zum stillen Ozean sich erstreckend und die ganze Mitte des nordamerikanischen Kontinents einnehmend, zu den größten und bedeutendsten Staatswesen des Erdenrunds zählt, dessen Länderumfang den von England, Frankreich, Deutschland und Oesterreich zusammengenommen noch vier Mal übertrifft, dessen Einwohnerzahl (gegenwärtig etwa 32 Millionen stark) mit staunenswerther Raschheit zunimmt und dessen Kraft selbst während des letzten Bürgerkrieges, wo der Norden mit dem Süden blutig rang und die Existenz der Union auf dem Spiele stand, noch so groß war, daß weder England noch Frankreich es wagten, den Südstaaten offenen Beistand zu leisten, obwohl ihnen deren Losreißung und die Sprengung der Union höchst erwünscht gewesen wäre.

Zwei Männer, die zu den edelsten und besten gehören, welche die Geschichte zu nennen hat, strahlen in unvergänglichem Glanze als Gründer, Erretter und Erhalter dieses

---

*) Sprich: Linkuhn.

großmächtigen Freistaats: George Washington und Abraham Lincoln. Wenn es erlaubt ist, von einzelnen großen Männern zu sagen, daß in ihnen die Tugend ihres Volkes sich vereinigte, so darf man auch wohl von Washington sagen, er habe die Republik der Vereinigten Staaten gegründet, und von Lincoln, er habe sie gerettet.

So verschiedenartig beide große Männer in ihrer äußeren Erscheinung nicht blos, sondern auch in ihrer Begabung waren, so gleichartig waren sie doch nicht nur in ihrer politischen Gesinnung, sondern im ganzen Kern ihres Wesens, in dem, was den Menschen groß und bedeutend macht.

Washington war ohne Zweifel die reicher ausgestattete Natur; er war ebenso groß als Kriegs=, wie als Staatsmann, ein tapferer Soldat, ein ausgezeichneter Heerführer, unerschöpflich in Hilfsmitteln und wohl durchdachten Bewegungen, um sich in einem langen Vertheidigungskriege mit unzulänglichen Kräften einem stärkeren Feinde gegenüber zu behaupten. Von feurigem Temperament, war er schnell im Handeln, im Ergreifen des günstigen Augenblicks, und doch wieder kühl und besonnen im Ueberlegen, maßvoll und ruhig im Befehlen und Lenken. So mangelhaft auch die Schulbildung noch zu jener Zeit in Amerika war und auch zu Lincolns Zeit noch blieb, so standen dem jungen Washington doch reichere Bildungsmittel zu Gebot als dem Knaben Lincoln, und seine Familienverhältnisse wirkten günstiger auf seine geistige Entwicklung. Lincoln hingegen, der arme Hinterwäldler, der, sobald er Arme und Beine gebrauchen konnte, in den Wald hinauswandern und mit dem Vater um die Wette die Axt des Holzfällers schwingen mußte, der arme Lincoln mußte es für ein hohes Glück erachten, als es ihm gelungen war, Lesen und Schreiben zu erlernen und sich ein paar Bücher zu verschaffen, und er hatte es bis zu seinem neunzehnten Lebensjahr nur erst zum Flößerknecht (Flachbootsmann) gebracht. Washington mußte auch im Schweiße seines Angesichts arbeiten und hat als Feldmesser sich sein Brod treu und redlich verdient, aber Lincoln durfte sich mit noch größerem Recht einen self made man nennen, der Alles aus sich selber machen mußte und mit seltener Virtuosität gemacht hat. Wie so mancher von Geldmitteln entblößte Einwanderer, der nach Amerika nichts mitbringt als arbeitslustige Hände und einen gesunden Verstand, der es sich nicht verdrießen lassen darf, Kutscher und Gärtner, Handelsmann und Lehrer zu werden, wie es sich eben schicken will, so hat auch Lincoln, der geborene Amerikaner, eine ganze Reihe von Berufsarten und Lebensstellungen durchgemacht, bis er an's Ziel gelangte, vom Holzfäller und Flachbootsführer zum Krämer, Feldmesser und Hauptmann der Freiwilligen — in welcher Stellung er sattsam erkannte, daß er gar kein militärisches Talent besaß — weiter zum Postmeister und endlich zum Advokaten. Mit seiner Stellung als „Rechtsanwalt" hatte er seinen wahren Beruf erreicht, da reifte schnell sein rednerisches und staatsmännisches Talent; da hatte er Gelegenheit in aller Fülle, jenen Adel der Gesinnung zu offenbaren, den er mit dem großen

Washington theilte, jene reine und hohe Begeisterung für
Recht und Gerechtigkeit, die rein menschliche Theilnahme
für die Unterdrückten und Schwachen, aber auch den sitt=
lichen Muth und die unbeugsame Festigkeit den ungerechten
Machthabern gegenüber, endlich die vollkommenste Uneigen=
nützigkeit, Unbestechlichkeit und Redlichkeit, die auch keinen
Strohhalm breit vom Wege der Pflicht und Ehre abwich.
Längst, bevor er zur höchsten Würde emporstieg, welche ein
Bürger der Vereinigten Staaten erreichen kann, ward ihm
der schönste und ehrenvollste Beiname zu Theil, in welchem
das Volk kurz und gut den Werth und das Wesen des
verehrten Mannes zusammenfaßte; man nannte ihn den
„ehrlichen Abe."*) Viermal ward er in die gesetzgebende
Versammlung von Illinois gewählt, dann in das Abgeord=
netenhaus zum Kongreß, schließlich zum Präsidenten der
Union. Als er im Drange der Nothwendigkeit gleich
Washington mit unbeschränkter Macht bekleidet ward, da
bewährte er sich auch wie Washington als der gewissenhafteste
Staatsbürger gegenüber dem Gesetz, da blieb er der „ehr=
liche Abe." In dieser Pflichttreue, Redlichkeit und unbe=
dingten Hingabe an das Staatsganze stehen beide Helden
Schulter an Schulter. Sie standen beide in den hoch=
gehenden Wogen des Kampfes wie unerschütterliche Felsen;
auf beiden ruhte der Segen der Glaubenstreue und Sitten=

---

*) Sprich: Ehbi. „Abe" ist die zärtliche Verkleinerungsform
des Vornamens „Abraham."

strenge ihrer protestantischen Vorfahren, die ihr gesundes, praktisches Christenthum in die neue Welt hinübergerettet hatten und deren Freiheitssinn in der Gottesfurcht wurzelte.

Beide kämpften für die gleichen Grundsätze der Freiheit und Menschenrechte, wie dieselben auf die Lehren des Christenthums sich gründen. Weil sie davon nichts wollten markten und abwendig machen lassen, weil sie dieselben in ihrer Ganzheit und Schönheit erfaßt hatten und zur Geltung brachten, so wurden sie auch beide zum äußersten Kampf gedrängt. So wenig es anfangs Lincoln in den Sinn gekommen war, die Sklaverei mit Stumpf und Stiel auszurotten, wie er in seiner Milde und Versöhnlichkeit immer darauf bedacht war, mit den Südstaaten ein billiges Abkommen zu treffen und dem, was sie nun einmal im Besitz hatten, Rechnung zu tragen; wie er aber, als die Sklavenstaaten mit unversöhnlichem Haß gegen den Norden darauf ausgingen, sich loszureißen und die so schwer errungene Einheit der großen Republik zu zertrümmern, nun auch das Aeußerste aufbot — und das war die Befreiung der farbigen Race aus der Sklaverei — um die Republik zu retten: so ging auch Washington Schritt vor Schritt gegen das tyrannisch gewordene Mutterland vor, das seine amerikanischen Kolonieen besteuern wollte, ohne ihnen das Recht einzuräumen, über ihre Besteuerung durch Abgeordnete aus dem eigenen Volke mitzureden und abzustimmen. Noch im Jahr 1774, kaum ein Jahr vor der Unabhängigkeitserklärung, schrieb Washington an den Hauptmann Mackenzie: „Man macht

Sie glauben, das Volk von Massachussets sei ein Volk von Rebellen, die sich für die Unabhängigkeit erhoben haben, und was weiß ich? Erlauben Sie mir, lieber Freund, Ihnen zu sagen, daß Sie im Irrthum, im groben Irrthum sind. Ich kann Ihnen als Thatsache bezeugen, die Unabhängigkeit ist weder der Wunsch noch das Interesse dieser Kolonie oder einer andern auf dem Kontinent, weder im Einzelnen noch im Ganzen. Aber zugleich können Sie darauf rechnen, daß keine von ihnen sich je die Vernichtung ihrer Privilegien, jener kostbaren Rechte, gefallen lassen wird, die für das Glück jedes freien Staates wesentlich sind und ohne welche Freiheit, Eigenthum und Leben jeder Sicherheit entbehren." Und Lincoln, als er vor dem versammelten Volk beim feierlichen Antritt seines Präsidentenamts auf dem Kapitol zu Washington (5. März 1861) seine Rede hielt, sprach sich also aus: „Das Volk des Südens scheint zu befürchten, daß sein Eigenthum, sein Friede und seine persönliche Sicherheit gefährdet werden. Für diese Furcht gibt es keinen vernünftigen Grund. In Allem habe ich gesagt und wiederhole es jetzt, daß ich nicht die geringste Absicht habe, weder direkt noch indirekt, der Sklaverei, wo sie einmal zur Zeit besteht, entgegenzutreten." Er durfte mit gutem Gewissen so reden.

Lincoln war nicht so glücklich wie Washington, der nach dem thatenreichsten Leben sein Dasein harmonisch vollendete und von der ganzen Nation verehrt, ja vergöttert im Hinblick auf die segensreichen Früchte seines Wirkens sterben konnte. Lincoln aber war glücklicher, denn ihm ward vergönnt für die Sache der Freiheit, der Einheit und Größe seines Vaterlandes den Märtyrertod zu leiden. Ward er auch in einem Moment hinweggenommen, wo er dem Staate noch sehr nothwendig war, so hatte er doch den Triumph des Nordens, der für die Freiheit kämpfte, erlebt, so war doch der schreckliche Bürgerkrieg glücklich geendet und manche trübe und verwirrende Scene, welche die Befreiung der Neger im Gefolge hatte, wurde seinen Augen entzogen.

Auch darin möchten wir ein höchst glückliches und beneidenswerthes Loos erkennen, daß, was den eigentlichen Nerv des amerikanischen Lebens bildet, was ihm den sittlichen Werth und Halt gibt, nämlich die Arbeit, von Lincoln in allen Stufen, von der untersten bis zur obersten, durchgemacht wurde; daß die Arbeit, wie sie dem Manne Selbständigkeit und Freiheit gibt und die edleren Keime des Geistes und Gemüths entwickelt, das Familienleben schützt, den Keim für politische Unabhängigkeit rege erhält, in Abraham Lincoln sich im reinsten Adel darstellte. Die Vereinigten Staaten, die alle Racen und Bildungsgrade der verschiedensten Menscheneigenthümlichkeiten in sich aufnehmen, die so viel Unreines und Böses auch mit in den Kauf nehmen müssen, sind einem gewaltigen Schmelztiegel zu vergleichen, in welchem mancherlei Metalle und Mischungen zusammengeschmolzen werden, darin es schäumt und in Blasen aufsteigt, und in dem trüben Schaum nichts Gutes sich bilden zu können scheint. Aber wessen Blick von der

Oberfläche in die Tiefe dringt, der weiß auch, daß sich da ein großer Läuterungsprozeß vollzieht und ein gesunder, reiner Kern im Innern vorhanden ist. Diese Reinigung und Läuterung vollzieht sich aber durch die Arbeit, welche in keinem Lande der Erde so wie in den Vereinigten Staaten für den Mann zur Nothwendigkeit wird und nirgend anders so wie in den Vereinigten Staaten sein Adelsbrief ist. Bei allem Schwindel und Humbug, bei allem Rennen und Jagen nach Geld und Erwerb, zwingt doch schließlich das Gesetz der Arbeit die Gesetzesverächter zur Ordnung und führt das lockere Gesindel hin zur Stetigkeit und Würde einer bürgerlichen Existenz. Dieser Adel nun des arbeitenden nordamerikanischen Volkes, das in der Arbeit auch seine sittliche Erhebung findet, ist in Abraham Lincoln verkörpert in all seiner Glorie erschienen. Mit allen Kräften zu streben und zu ringen nach Verbesserung der eigenen Lage, rastlos zu streben nach Fortbildung und Veredlung, damit der Einzelne ein würdiges Glied des staatlichen Gemeinwesens sei, das war Lincolns Leben und Streben von Kindesbeinen an, und als Staatsmann und Volksredner kam er immer wieder darauf zurück, wenn er auch diesen Grundgedanken nicht immer so scharf aussprach, wie es z. B. in einer Rede vom Februar und in einem Briefe vom Mai 1859*) geschah, wo er ihn treffend so zusammenfaßte:

*) Vergl. den Schluß unserer Skizze.

„Nach meiner Anschauung, so, wie ich den Geist unserer staatlichen Einrichtungen verstehe, können dieselben nur den Zweck haben, die Erhebung des Menschen zu fördern; und in diesem Sinne bin ich gegen Alles feindlich gesinnt, was auf Erniedrigung unseres Geschlechtes abzielen könnte. Hätte der Allmächtige eine Sorte Menschen, die nur essen und nicht arbeiten sollen, erzeugen wollen, so würde er ihnen sicherlich keine Hände, sondern nur einen Mund gegeben haben." Weil für ihn nur die Arbeit Werth hatte, welche zu einer unabhängigen Stellung im staatlichen und gesellschaftlichen Leben führt, so mußte ihm auch alle Sklavenarbeit als etwas Unsittliches und Ungerechtes, als ein an der Menschennatur begangenes Unrecht erscheinen, und über diese seine Ansicht sprach er sich schon als Abgeordneter frei genug aus. „Zwar bin ich", sagte er unter Anderem, „mit den Fürsprechern der Sklaverei darin einverstanden, daß es manche Punkte gibt, in denen die Neger uns Weißen nicht gleich stehen, jedenfalls nicht in Betreff der Hautfarbe und vielleicht auch nicht in Rücksicht einzelner Geistesgaben des Herzens und Verstandes. Aber in dem natürlichen Rechte, sein Brod, das er mit eigenen Händen verdient, ohne die Erlaubniß Anderer zu essen, steht uns der Neger gewiß gleich und nicht minder unseren Gegnern, wie jedem Menschen in der Welt."

Der erste amerikanische Lincoln war aller Wahrscheinlichkeit nach ein Gefährte des ebenso frommen als muthigen William Penn, der die Sekte der Quäker stiftete, gewesen.

Arm zwar und ohne einflußreiche Familienverbindungen bewahrten die Lincolns sich in gleichem Maße den christlichen wie den Freiheitssinn; in ihrer mühevollen Existenz als Farmer, die, was sie verzehren wollten, sich selber bauen mußten, wählten sie selbständig den Schauplatz wie die Art ihrer Thätigkeit und fühlten sich in ihrer Arbeitstüchtigkeit als freie Söhne eines freien Landes. Einer der Urgroßväter war von Pennsylvanien nach Virginien ausgewandert; Abraham, der Großvater Lincolns, wanderte im Jahr 1780 nach dem damals noch sehr öden Kentucky, hatte jedoch kaum seine Hütte gebaut und das nöthige Feld urbar gemacht, als er (1784) von Indianern überfallen und getödtet wurde. Nun zerstreute sich die Familie abermals. Thomas, der jüngste Sohn, blieb mit der Mutter allein zurück, mußte von früher Kindheit an herumwandern, um sein Brod zu verdienen und kam auch zu seinem Oheim Isaak, auf dessen Farm er ein Jahr lang arbeitete. Im 28. Lebensjahre kehrte er nach Kentucky zurück und verheirathete sich (1806) mit der gleichfalls in Virginien geborenen Nancy Hanks und ließ sich mit seinem jungen Weibe im damaligen Hardin County (jetzt Larne County genannt) nieder. Dort ward ihnen am 12. Februar 1809 ein Sohn geboren, der zu Ehren des Großvaters Abraham genannt wurde. Er war das zweitgeborene Kind, die (einzige) Schwester war zwei Jahre älter und nach ihm kam noch ein Bruder, der aber in zarter Kindheit starb.

Beide Eltern Abe's gehörten zur Sekte der Baptisten*) und besonders Frau Nancy war eine strenggläubige Christin, die viel in der Bibel las und sie dem heranwachsenden Abe auch gut zu erklären und an's Herz zu legen verstand. Auch ein klares, gesundes Urtheil wird der Mutter nachgerühmt. Der Vater war einfach und schlicht, ein fleißiger Arbeiter, unabhängig in seinem Sinn, doch ohne alle Schulbildung. Er konnte nur nothdürftig lesen; zum Erlernen der Schreibkunst hatte er weder Zeit noch Gelegenheit gefunden. Beständiger Kampf mit der Wildniß des Urwaldes, Tag für Tag mühevolle Arbeit zur Erringung der Mittel für des Lebens Unterhalt, das war des Vater Thomas Lebensaufgabe von seiner Geburt bis zum Grabe.

Abe hatte somit schon in den Kinderschuhen Gelegenheit, den Kampf um's Dasein nicht nur zu beobachten, sondern selber mitzumachen. In den ersten Jahren konnte er dem Vater freilich nicht viel helfen, aber es erwachte in ihm die Lust, bald selber die Axt in die Hand nehmen zu können und daneben auch das Lesen zu erlernen. Der höchste Wunsch des munteren kleinen Jungen war, der frommen Mutter es gleichthun zu können, welche so schön aus der heiligen Schrift vorlas und des Sonntags die Kapitel so verständig erklärte. „Wann werde ich einmal so gelehrt sein?" fragte er sich oft mit kindlicher Sehnsucht. Einst-

---

*) So heißen die, welche der Taufe die christliche Unterweisung vorhergehen lassen.

weisen ward ihm vergönnt, die nicht allzuweit entfernte Schule des Nachbars Kaleb Hazel besuchen zu dürfen, in der er's bis zum Buchstabiren brachte.

Kaum hatte Abe sein siebentes Jahr überschritten, als der in der Seele des Vater Thomas lang genährte Entschluß zur Ausführung kam, nach dem südlichen Indiana auszuwandern. In Kentucky war das Sklavenwesen eingedrungen und das drückte auf die freien weißen Arbeiter, die nicht so geachtet waren, wie in den nördlichen Staaten. Außerdem herrschte eine große Verwirrung in den Land- oder Besitztiteln, so daß es dem wackeren Thomas auf der von ihm bebauten Erde keine Ruhe ließ und er sich entschloß, weiter im Nordwesten jenseits des Ohio eine neue Wohnstätte zu suchen. Ein Blockhaus und ein paar Maisfelder lassen sich leichter verlassen als ein Landgut in Europa, das von den Vätern auf Kind und Kindeskinder vererbt mit dem Menschengeschlecht sozusagen verwachsen ist; er verkaufte seine kleine Besitzung für 10 Fässer Branntwein und 20 Dollars in Silber. Deßgleichen wurde alles Geräth, dessen Transport zu unbequem war, veräußert, und dann ward von den meilenweit zerstreuten Nachbarn Abschied genommen.

Es war ein schöner Herbsttag, das reiche Laub des Urwaldes glänzte in tausend Farben, die Nebel zerstreuten sich vor den Strahlen der Sonne, die am blauen Himmel in prächtigem Glanz heraufstieg. Vor dem stillen Blockhause hielt ein geräumiger, doch ziemlich plumper, vierräbriger Wagen, vorn offen, aber mit einem gewölbten Zeltdache versehen. Bettzeug, Küchengeräth, Lebensmittel und was sonst das Allernöthigste war, das hatte der Innenraum aufgenommen. Voll Gottvertrauens, doch innerlich gebeugt, da ein Brustleiden die Frau Nancy schon sehr geschwächt hatte und ihr kein langes Leben versprach, stieg die Mutter mit der Tochter ein; die Männer, nachdem sie die Ochsen vorgespannt und hinten am Wagen die milchgebende Kuh befestigt hatten, gingen neben her, Abe voll Freude und Zuversicht, gespannt auf das Neue, das er zu sehen und zu erleben im Begriff stand.

Oft genug mußte Vater Thomas mit der Axt vorangehen, um das Gestrüpp zu säubern, oder junge Bäume, die im Wege standen, abzuhauen. Dem Knaben lag es ob, mit der Peitsche das Ochsengespann fleißig anzutreiben. Die Reise war beschwerlich genug und ging langsam von statten; doch die amerikanische Zähigkeit und Anstelligkeit half alle Hindernisse besiegen und glücklich ward der Ohiostrom erreicht, der breit und voll seine glitzernden Wogen dahinrollt. Der Knabe klatschte vor Entzücken in die Hände, als er den herrlichen Strom erblickte, Vater Thomas aber fand keine Zeit, sich des Naturbildes zu freuen, sondern richtete seinen Blick alsbald auf das jenseitige Fährhaus und rief aus voller Brust hinüber. Nicht lange darauf bewegten sich einige Männer drüben an den Gebäuden und eine Fähre stieß vom jenseitigen Ufer ab. Die stutzigen, zaghaften Ochsen wollten nicht auf das schwankende Fahrzeug, und es war ein Stück Arbeit, das Gespann mit dem Wagen und der Kuh an Bord zu bringen. Endlich konnte sich die Fähre wieder in Bewegung setzen, Mutter und Tochter saßen wieder unter dem Leinwanddache, während Vater Tom vor den Ochsen stand, sie dann und wann durch Streicheln beruhigend, zugleich aber auch mit den Fährmännern eine Unterhaltung beginnend, um von ihnen Näheres über Spencers County, das fortan die Heimath der Familie werden sollte, zu erfahren.

In Thompsons Ferry, so hieß die einsam am Ufer des Ohio gelegene Besitzung des Fährmanns, ward Nachtquartier bestellt, und da mit der Wirthschaft auch ein Kramladen verbunden war, so konnte Vater Lincoln allerlei Einkäufe für seine Hauswirthschaft machen. Sein Abe war entzückt über das mancherlei Neue, das er in dem Laden erblickte, besonders zog eine Wage mit ihren Gewichten die Wißbegierde des Knaben an, der zum erstenmal ein solches Instrument erblickte, das in den einfachen Haushalt der väterlichen Blockhütte noch nicht den Weg gefunden hatte.

Das Ziel der Reise wurde glücklich erreicht und abermals sahen sich die guten Leute in der Einsamkeit des Waldes, der schwere Arbeit von ihnen forderte. Die Nachbarn halfen beim Bau der Blockhütte und der ersten Einrichtung der Fenz getreulich mit, und der Knabe Lincoln blieb dem Vater stets zur Seite und arbeitete mit ihm wie ein Alter. Ehe der Winter ins Land kam, war schon die kleine Wirthschaft ordentlich im Gange und im nächsten

Jahre ward schon eine recht ergiebige Maisernte gehalten, der Viehstand mit einigen Stück Rindern und Schweinen vermehrt und das Ackerland ansehnlich erweitert. Aber den fortwährenden Anstrengungen war die zartgebaute Frau Nancy nicht gewachsen; sie ward bleicher und matter und im nächstfolgenden Jahr (1818) schloß sie ihre Augen für immer.

Es war ein harter Schlag, der den Vater und die Kinder traf, der aber auch nicht ohne Segen für den jungen Lincoln blieb, denn er ward ernster, sein Gemüth richtete sich auf ein Höheres, das Bild seiner frommen Mutter stand lebendig vor seiner Seele und eifrig wiederholte er manchen Bibelspruch, den ihn die fromme Mutter gelehrt hatte. Den Vater aber suchte er durch verdoppelten Fleiß zu erfreuen und dieser fand an seinem Abe die beste Stütze.

In den wenigen Ruhestunden, die ihr vergönnt waren, hatte die gute Mutter ihren lernbegierigen Sohn so gut sie es vermochte, im Lesen der Bibel und des Katechismus geübt, ihn auch die Anfangsgründe der Schreibkunst zu lehren gesucht. Diese Nachhilfe fiel nun weg. Doch zum Glück für Abe hatte nicht allzuweit von der Ansiedlung der Lincolns Master Dorsey eine Schule errichtet, in welcher die hoffnungsvollen jungen Hinterwäldler zusammenkamen, um ihre derben Fäuste für die Schreibekunst gelenkig machen zu lassen und die in Spencer County noch wenig verbreitete Kunst des Lesens gedruckter Bücher zu erlernen. Abe überflügelte bald alle seine Kameraden und ward wegen seines frommen Sinnes, seiner Aufrichtigkeit und Lernlust bald der Liebling seines neuen Lehrers. Und ein sehr bezeichnender Charakterzug aus dieser Schulzeit des Knaben ist es, daß er, wenn die ziemlich wilden Schulgenossen nach Hause gingen und unterwegs in Streit geriethen, den Friedensstifter machte, obschon er keineswegs der älteste war, und die größten Buben nahmen auch seine Vermittlung bereitwillig an.

Das stetige Arbeiten in freier Luft hatte den ohnehin langarmigen und langbeinigen Burschen sehr in die Länge wachsen lassen und zugleich seine Muskelkraft gestählt. Aber der Geist entwickelte sich ebenso kräftig und der Knabe bekam einen wahren Heißhunger nach Büchern, die freilich unter den naturwüchsigen Ansiedlern seltene Schätze waren. Wie strahlten eines Abends die Augen Abe's vor Freude, als der Vater heimkehrte, ein sorgfältig eingewickeltes Päckchen in der Hand, mit vielsagendem Blick seinen Sohn betrachtend, der es ahnte, daß ein werthvolles Geschenk seiner wartete. Langsam und feierlich wickelte der Vater das unscheinbare Tuch ab und ein Buch kam zum Vorschein, des Knaben liebstes Spielzeug. Es war das berühmte Erbauungsbuch von Bunyan „des Pilgers Erdenwallen" (Pilgrim's Progress), ein sehr ernstes, gedankenvolles Werk, für die Jugend weniger als für ein reiferes Alter berechnet. Doch der Wald und die Einsamkeit, in welcher Lincoln lebte, stimmten zu den Gemälden in Bunyans Buche und verfehlten nicht ihres Eindrucks auf den ernsten, strebsamen Geist des Knaben.

Bald darauf hatte er eine zweite Ueberraschung; er bekam
Aesop's Fabeln, welche ihm die gute Nachbarin, Frau
Brune, zum Lesen überließ und die er besser verstand. Mit
Freuden las er das Buch einmal, zweimal und kehrte immer
wieder zu demselben zurück. Die Thiere, denen der Dichter
menschliche Sprache geliehen, ergötzten ihn, aber auch die ge=
sunde Moral, die sie lehrten, fand seinen Beifall. In der
schlagenden, kernhaften Kürze des Ausdrucks, in der treffenden
Bildlichkeit und der volksthümlichen Weisheit, welche die
Reden des Präsidenten Lincoln auszeichneten, kann man den
Bibelkundigen und Freund Aesopischer Fabellehre unschwer
erkennen.

Vater Tom freute sich des Lerneifers seines Sohnes
und der guten Anlagen desselben. Doch das hatte er nicht
erwartet, daß der Knabe, welcher in den Wochentagen mit
den Händen arbeiten mußte und fast keine Stunde zu an=
deren Beschäftigungen übrig hatte, in kurzer Zeit nicht nur
die mechanische Fertigkeit des Schreibens erlernte, sondern
auch im Stande war, seine Gedanken zu Papier zu bringen
und einen ordentlichen Brief zu schreiben. Mutter Nancy
war beerdigt worden, die Nachbarn hatten ihr die letzte Ehre
erwiesen und an ihrem Grabe gebetet, aber noch war kein
Geistlicher erschienen, das Grab einzuweihen und die Trauer=
rede zu halten. Nur einige Mal im Jahr, mitunter auch
wohl erst im Verlauf mehrerer Jahre geschah es, daß ein
Prediger durch die Gegend reiste und dann die mitunter
schon erwachsenen Kinder taufte und nachträglich auch die

Begräbnißreden hielt. Nun geschah es, daß neun Monate nach dem Tode der guten Frau Lincoln Pastor Elkins seine Rundreise in dem fernen Westen machte. Sobald dieß in Spencer County ruchbar ward, setzte sich Abe hin und schrieb ohne Wissen des Vaters einen rührenden und eindringlichen Brief an den Mann, er möchte doch kommen und der seligen Mutter die letzte Ehre erweisen. Als der Brief fertig war und der Vater von seiner Arbeit nach Hause kam, las ihn der über seine erste schriftstellerische Arbeit hocherfreute Sohn das Schriftstück vor und mit Thränen der Rührung umarmte der Vater seinen lieben Abe.

Als der Pastor am nächsten Sonntage erschien und sich zu dem schmucklosen Grabe der Frau Nancy Lincoln verfügt hatte, wo die versammelten Nachbarn bereits seiner warteten, da eröffnete der würdige Mann die Feierlichkeit damit, daß er den schönen Brief des Knaben laut vorlas und mit eindringlichen Worten dessen Kindesliebe pries. Kein Auge blieb trocken, und als darauf eine glaubenswarme und erhebende Leichenpredigt folgte, da ward allen Anwesenden der stille Wald zu einem Tempel Gottes und die einfache Todtenfeier zu einem heiligen Feste.

Nach beendigtem Gottesdienste ward der junge Lincoln von Allen gepriesen und geherzt, und sein Ruhm verbreitete sich fortan viele Meilen weit in der Umgegend, so daß mancher ehrliche Hinterwäldler, der des Schreibens unkundig war, wenn er einen ordentlichen Brief zu Papier gebracht wissen wollte, sich nach Thomas Lincolns Blockhaus verfügte und den gelehrten Master Abe ersuchte, den Brief aufzusetzen.

Mit seiner Schwester Sarah in edlem Wetteifer bemühte sich Abe, auch im Hause manches Geschäft zu übernehmen und den Verlust der guten Mutter dem Vater weniger fühlbar zu machen. Aber die Kräfte des jungen Mädchens reichten nicht aus, die Last der Wirthschaft zu übernehmen, und so entschloß sich Vater Thomas zu einer zweiten Heirath. Seine Wahl war eine gute; er führte den Kindern in der Wittfrau Sally Johnston aus Elizabethtown in Kentucky eine zweite Mutter zu, die eine würdige Stellvertreterin der verstorbenen war, sich der weiteren Erziehung Abrahams mit großer Liebe unterzog, wie sie auch ihrer Stieftochter Sarah mit zarter Schonung ihrer bereits wankenden Gesundheit nur die leichteren Arbeiten übertrug.

Mr. Dorsey, der in der Gegend seine Rechnung nicht gefunden hatte, war wieder fortgezogen, doch war an seine Stelle Mr. Crawfurd getreten und versuchte seine Schulmeisterskunst an der hinterwäldlerischen Jugend. Ihn besuchte der junge Lincoln, wenn es die Arbeit gestattete. Im Lesen, Schreiben und Rechnen hatte er, so wenig er sich damit beschäftigen konnte, gute Fortschritte gemacht, und seine Bibliothek war um ein wichtiges Buch reicher geworden, das die ahnende Seele des jungen Arbeiter-Studenten mit dem vortrefflichsten Hochbilde füllte; es war das „Leben Washingtons". Noch eine Biographie hatte ihm Mutter Sally gekauft, das „Leben Henry Clay's", eines damals hochverehrten Staatsmannes, mit dessen Gerechtigkeitsliebe und milder Gesinnung der Knabe ganz sympathisirte. An diesen Büchern lernte der künftige Rechtsgelehrte und Staatsmann schon früh sein großes Vaterland lieben und dessen eigenthümliche Verhältnisse verstehen. Kaum hatte er den Henry Clay vollendet, so hörte er von einem seiner Mitschüler, Herr Crawfurd besitze eine Lebensbeschreibung Washingtons, die noch weit vorzüglicher sei als die, welche er selber besaß. Sogleich begab er sich in die Wohnung seines Lehrers und bat denselben treuherzig um das Leben Washingtons von Ramsay. Das Buch ward ihm gern geliehen und frohlockend trug er seinen Schatz nach Hause. Jedes freie Stündchen ward dem Buche gewidmet, das er auch mit hinaus auf sein Arbeitsfeld nahm. Er barg es in einem hohlen Baumstamm, um es gleich beim Zuhausegehen zur Hand zu haben. Aber, o weh! eines Tages nach einem heftigen Regengusse fand er sein Kleinod, das er sicher geborgen zu haben vermeinte, völlig durchnäßt und voller Flecken. Vor Allem legte er das Buch in die Sonne, um es zu trocknen; dann versuchte er die Flecken zu tilgen, das wollte ihm jedoch nicht gelingen. Da nahm er das Buch, begab sich geraden Wegs zu Herrn Crawfurd und legte diesem voll Zerknirschung ein offenes Geständniß ab. War sein Lehrer schon über diese treuherzige Weise des jungen Lincoln erfreut, so ward er noch mehr zum Wohlwollen gestimmt, als derselbe hinzufügte: „Ersetzen muß ich Euch das Buch, Herr. Geld habe ich

aber keins, dafür kann ich aber arbeiten; gebt mir etwas zu
thun!" Herr Crawfurd, um den Burschen weiter zu
prüfen, legte sein Gesicht in ernste Falten und erwiederte:
„An Arbeit fehlt es nie; ich nehme dein Anerbieten an.
Willst du für mich Futter schneiden?" „Gern", rief Abe
hocherfreut, „wann soll ich anfangen?" — „Gleich morgen!"
— Und der junge Mann erschien am andern Morgen mit
Tagesanbruch, mähete mit den Schnittern um die Wette so
fleißig, daß ihm der Schweiß über die Wangen lief. So
arbeitete er drei volle Tage, bis die Schuld getilgt war.
Am Abend des dritten Tages trat Mr. Crawfurd lächelnd
zu ihm hin und überreichte ihm den Ramsay. „Behalte
das Buch, mein Junge," sprach er, „du hast es redlich ver=
dient, und sei jeder Zeit so ehrlich, wie du es jetzt ge=
wesen bist!"

So verflossen dem guten Abe die Jugendjahre unter
harter Arbeit und zeitweiligen geistigen Genüssen, welche
ihm sein kleiner Bücherschatz gewährte. Eine — freilich
ziemlich mangelhafte — Uebersetzung des Plutarch, der so
meisterhaft die Helden und Staatsmänner des Alterthums
geschildert, gewährte ihm auch hohen Genuß; er las alles
mehrere Mal und kehrte zu seinen Büchern wie zu lieben
Freunden zurück. Unsere Kinder im bücherreichen Deutsch=
land werden schon mit Büchern überschüttet, wenn sie kaum
laufen können, sie gewöhnen sich, durch den Ueberfluß ab=
gestumpft, bald an das bloße Nippen und Naschen, und
von dem vertrauten Umgange mit einem lieben Buche ist

kaum noch die Rede. Und weil es am rechten Hunger nach geistiger Speise fehlt, ist dann auch die Verdauung und Aneignung des Inhaltes der Bücher sehr mangelhaft. Da war der Sohn des Urwaldes bei aller mangelhaften Schulbildung doch besser daran; er verwandelte seine geistigen Schätze in Fleisch und Blut, lernte daran selber denken und forschen und lebte sich in die Bücher ein. Und daß seine wenigen Bücher so vortreffliche waren, solche, die von einem sachkundigen Erzieher gar nicht besser hätten ausgewählt werden können, das war für die Bildung des Knaben ein nicht geringes Glück. Sein scheinbarer Mangel ward ihm zum wirklichen Reichthum.

Das Leben und Arbeiten in freier Luft hatte die körperliche Entwicklung sehr gefördert. Als er in sein achtzehntes Jahr getreten war, überragte er selbst die größten Männer der Ansiedlung um ein Ansehnliches. Schön und einnehmend war seine Erscheinung nicht; an den langen Armen saßen ein paar gewaltige Fäuste und die Füße waren gleichfalls sehr groß und breit. Sein dunkles Haar stand struppig in die Höhe, der Mund war breit und die Backenknochen standen hervor; hager und muskulös war der ganze Leib. Nur die hohe Stirn und das glänzende, durchdringende Auge verrieth, daß in dem äußerlich so ungeschlachten Körper ein feiner und reichbegabter Geist seine Werkstätte hatte.

Meist still und in sich gekehrt konnte der junge Lincoln doch mitunter sehr spaßhaft und lustig sein, ein trockener

Humor stand ihm jederzeit zu Gebot. Viel Umgang mit Altersgenossen hatte er nicht und an rohen Späßen fand er gar keinen Gefallen. Auch durch seine Mäßigkeit war er ausgezeichnet; geistige Getränke kamen nie über seine Lippen. Als tüchtiger Arbeiter in der ganzen Nachbarschaft bekannt, rief man ihn oft zu Hilfe, wenn es etwas Größeres zu thun gab, etwa ein neues Blockhaus gebaut werden sollte, und stets war er zur Hilfe bereit und die stärksten Bäume sanken schnell unter den gewaltigen Hieben seiner Axt.

Schwester Sarah war unterdessen Frau Grißby geworden und fühlte sich glücklich. Doch bei ihrer ersten Niederkunft verlor sie nebst ihrem Kinde das Leben. Das war abermals ein harter Verlust für den Bruder, der, bei dem einförmigen Leben in der Waldeinsamkeit, mitunter recht schwermüthige Augenblicke hatte. So gern und fleißig er auch arbeitete, so ermüdend wurde ihm doch zuletzt die mechanische Arbeit. Er sehnte sich nach einer Auffrischung des Gemüths, nach einer Veränderung seiner Lage; es trieb ihn hinaus in's Weite. Da erschien zur glücklichen Stunde Bill Pitt, ein Schulkamerad aus Kentucky, der in der Gegend Geschäfte hatte und sich nach einem Flachbootsmann umsah, welcher mit ihm nach New=Orleans fahren sollte. Die beiden Pitt's, Vater und Sohn, hatten sich nicht weit von Thompsons Ferry eine Blockhütte gebaut, trieben Fischerei, zimmerten Flöße und führten Holz, Korn und Lebensmittel aller Art von Zeit zu Zeit den Fluß hinunter. Diese Bootsleute und Stromschiffer, auch Hakenmänner genannt, waren, besonders in früheren Zeiten, als die Flüsse noch nicht von Dampfschiffen befahren wurden, die Frachtfuhrleute des Westens, der Ohio und Mississippi ihre großen Heerstraßen, auf denen sie bis nach New-Orleans fuhren, um zu den Pflanzungen des Südens die Waaren und Lebensmittel des Nordwestens zu führen und in klingende Silbermünze umzusetzen. Stromabwärts war die Fahrt eine Lust, obwohl es unausgesetzte Anstrengung galt, das Floß in gehöriger Entfernung vom Ufer zu halten, vor den schwimmenden Baumstämmen, die sich stellenweise aufstauten, vorbei und gut durch die Stromschnellen zu führen. Stromaufwärts mußte aber das Boot vermittelst der Hakenstangen auf beschwerliche Weise geschoben werden, wenn der Wind ungünstig war und keine Segel aufgesetzt werden konnten. Darum verzichtete man lieber auf die Rückfahrt des Flachbootes, verkaufte dieses sammt der ganzen Holzladung und fuhr auf dem Dampfboote stromaufwärts, das zu Lincolns Zeit bereits den Mississippi befuhr.

Nachdem sie um den Lohn eins geworden waren — zehn Dollars im Monat und die Verköstigung — ging es an die Ausrüstung des Flachbootes, an welcher der ehrliche Abraham rüstig mithalf, zu großer Freude des alten Pitt, der sich glücklich schätzte, daß sein Sohn einen so tüchtigen Gehilfen angeworben hatte. Der kurz zuvor noch so träumerische und schwermüthige Abe war wie umgewandelt; daß er den großen, prächtigen Mississippi befahren und die große Stadt an der Mündung desselben kennen lernen sollte, das hatte er sich vor wenigen Wochen noch nicht träumen lassen — er war voll lustiger Einfälle und arbeitete mit einer Energie und mit einem Geschick, daß seine Gefährten darob erstaunten.

Nachdem nun das Boot gehörig mit behauenen Holzstämmen, mit Fässern und Säcken angefüllt war, fuhren die beiden kräftigen jungen Männer den breiten, vollen Ohio hinunter in den noch viel breiteren und volleren Mississippi, den „Vater der Gewässer" hinein. Eine üppige Waldwildniß faßte beide Ufer ein, hochstämmige Cypressen, Lebenseichen, Hickories- und Cottonbäume mit Schlingpflanzen wie eingesponnen, spiegelten sich in der Fluth des Riesenstromes; hier und da öffnete sich die Lichtung und zeigte dem überraschten Blick einen grünen Teppich, mit schillernden Blumen geschmückt, die keines Menschen Hand berühren sollte. Brach die Nacht herein, so befestigten die Fährmänner ihr Boot am Ufer und gingen zum Uebernachten an's Festland, oder machten sich auch wohl ihr einfaches Lager auf dem Floß selber zurecht, wenn am Ufer keine günstige Stelle zu finden war. Denn an feuchten und sumpfigen Uferstrecken, durch die Ueberschwemmungen des Stromes unwegsam gemacht, fehlte es auch nicht. Nur hier und da unterbrach ein kleiner Ort, der auf größere Zunahme wartete, oder eine Gruppe von Blockhäusern die noch ungebändigte wilde Natur. Aber einförmig war die Fahrt keineswegs. Bald brauste ein Dampfboot vorüber, bald sah man in der Ferne ein weißes Segel, das sich stromaufwärts näherte, bald begegnete man anderen Flößen und Flachbooten und die Schiffsleute riefen sich die üblichen Fragen zu: "Wo kommt Ihr her? Wohin des Wegs? Was für Ladung?"

Tage auf Tage vergingen, und da nicht immer gutes Wetter ist, so folgten auf sonnenhelle, ruhige Tage auch Ungewitter und schwere Regengüsse, welche die Bootsleute bis auf die Haut durchnäßten, und das Fahrzeug ward mitunter von den stürmisch aufgeregten Wellen auf- und niedergeschleudert, als sollte es in die Tiefe hinabgedrückt werden. Dann brannte wieder tropische Sonnengluth auf ihre halbnackten Glieder und badete sie in Schweiß. Je mehr sie sich ihrem Bestimmungsorte näherten, desto heißer und schwüler ward die Luft. Endlich erblickten sie auf der Ostseite des Stromes, an die sie sich beständig hielten, von zierlichen Baumgruppen umgeben, schön gebaute Verandas, den Reichen von New-Orleans gehörend, die sich dahin flüchteten, wenn das gelbe Fieber in der "Crescent-City" wüthete. Aber sie waren noch lange nicht am Ende ihrer Fahrt und sollten zuvor noch ein gefährliches Abenteuer bestehen.

Die Nacht war hereingebrochen und auf die Gluthitze des Tages folgte eine Abkühlung der Luft, daß es die beiden jungen Männer fror, und das kleine Feuer, das sie angezündet hatten, um sich ihr Nachtessen zu bereiten, ihnen sehr behaglich war. Dann, nachdem sie ihre frugale Mahlzeit verzehrt hatten, löschten sie die Kohlen sorgfältig aus und suchten, in ihre Wolldecken gehüllt, auf dem Flachboote zwischen den Fässern ihr Nachtlager.

Bill Pitt, von des Tages Last und Hitze erschöpft, schlief sogleich ein; sein Gefährte starrte in den naßkalten Nebeldunst hinein und konnte trotz der einförmigen Musik des Plätscherns der Wellen, die an das Flachboot schlugen, noch nicht die ersehnte Ruhe finden. Endlich schloßen sich auch seine Augenlider, doch plötzlich schreckte er empor, er hatte vom Ufer her ein Geräusch vernommen, als nahten sich Menschen. Schnell stieß er seinen Gefährten an, der sich die schlaftrunkenen Augen rieb, doch bald merkte, wer da war. „Niggers!" flüsterte er. „Wer da?" rief Lincoln mit Stentorstimme. Ein Flüstern ließ sich vernehmen und bald sahen die beiden Jünglinge im Licht des aufgegangenen Mondes vier schwarze Gestalten, die sich dem Boote näherten. „Ould niggar, beg for charity, Massa!"*) riefen sie in ihrem Neger=Englisch. Es waren von den Pflanzungen entlaufene Neger, welche es auf einen Ueberfall abgesehen hatten und sich des Flachbootes bemächtigen wollten. Schnell hatte Abe die Holzaxt ergriffen und im Augenblick stand Bill, ein schweres Ruder in den Händen, neben seinem Freunde. Die schwarze Rotte, mit kurzen Messern und langen, schweren Knütteln bewaffnet, warfen sich, nachdem sie erst still das Wasser durchwatet hatten, mit einem wilden Schrei auf das Flachboot; Bill fühlte seine linke Schulter

---
*) Alte Neger, bitten um eine milde Gabe, Herr!

von einem heftigen Schlage getroffen, und Abe, einen vordringenden Burschen zurückwerfend, sah etwas wie eine Messerklinge vor seinen Augen blinken und fühlte einen stechenden Schmerz an seiner Stirn. Doch er blieb besonnen in der Gefahr, schwang mit mächtiger Faust seine Axt auf den nächsten Negerschädel und der Getroffene stürzte kopfüber und lautlos in den Strom. Bill arbeitete ebenso wacker und führte mit seinem Ruder kräftige Schläge auf die Andringenden, welche heulend zurückwichen. Dann sprangen ihnen die tapferen Hinterwäldler nach an's Ufer, die Räuber aber waren verschwunden. Bill fühlte an Armen und Schultern die Nachwehen der Negerkeulen, Abe wischte sich das Blut von Stirn und Wangen; sie hatten ruhmvoll das Schlachtfeld behauptet. Doch hielten sie es für gerathen, das Tau zu lösen und ihr Boot eine gute Strecke weiter hinabzufahren.

Noch 140 englische Meilen waren bis zum Ziel zurückzulegen. Endlich lag die lang ersehnte Stadt, weithin an dem halbmondförmigen Kai sich streckend,*) vor den erstaunten Blicken da! Obwohl New-Orleans dazumal erst 50,000 Einwohner zählte und die großen Staatsgebäude und Hotels, die durch Dampf getriebenen Baumwollpressen, die Granitbekleidungen der Dämme, all' das, was heutzutage die Mississippistadt so sehenswerth macht, noch nicht vorhanden war: so bildete sie doch schon damals den wich-

---

*) Deßhalb die „Halbmondstadt" oder Crescent City genannt.

tigsten Stapelplatz der Union nach New-York, und bot einen
Anblick des bewegtesten Lebens und der buntesten Völker-
mischung dar. Da drängten chinesische Arbeiter an nor-
wegischen Matrosen vorüber, der Yankee des Nordens traf
mit dem Engländer, der Afrikaner mit dem Deutschen, der
Mexikaner mit dem Ostindier zusammen, und Trupps von
schnatternden und schreienden Negern durchzogen das Ge-
wühl der Geschäftsleute, hier auf ihren Schultern, dort auf
kleinen Wagen die Waarenballen transportirend. Die
neuen Parkanlagen, welche später ganze Stadttheile bilden
sollten, die reizenden, bereits zu Straßenlinien sich gruppi-
renden Villen, mit Rückwänden, Balkonen und einem Unter-
bau von Granitquadern erschienen den erstaunten Hinter-
wäldlern, deren Auge nur an kleine, dürftige Blockhäuser
gewöhnt war, wie lauter Paläste, und die tropische Blumen-
pracht und üppige Vegetation der Gärten wirkte fast be-
rauschend auf den einfachen Sinn Abraham Lincolns. Es
war ihm, als sei er plötzlich in eine Zauberwelt versetzt.

Doch ein echter Yankee kommt nicht leicht außer Fassung
und vergißt niemals das Geschäft. Vor Allem galt es, das
Flachboot durch das Gewirre großer und kleiner Fahrzeuge,
Barken, Jollen, Waarenschuten, Dampfer, Segelschiffe,
gut durchzubringen und an einem passenden Orte des Hafens
anzulegen. Dann, als dieß gelungen war, sahen sich die
jungen Hinterwäldler nach Käufern für ihre Waaren um
und brachten auch diese zu annehmbaren Preisen an den
Mann. Zuletzt blieb ihnen nur das Flachboot übrig, auf

welchem sie den Mississippi herabgeschwommen waren und welches stromaufwärts zurückzubringen sich nicht der Mühe lohnte. Auch für dieses fand sich ein Käufer und nun hatten die beiden Bootsmänner ihre Börsen voll silberner Dollars. Ihre Aufgabe war gelöst.

In einem der Boardinghäuser, die unfern des Hafens lagen, ward nun von ihnen ein kleines Zimmer gemiethet, da sie noch einige Tage in New-Orleans bleiben wollten, um sich alle Merkwürdigkeiten wohl anzusehen. Der alte Pitt hatte ihnen den Rath gegeben, vor den Gamblers und Rowdies, dem Gaunervolk, das den unerfahrenen Fremden das Geld aus der Tasche lockt, sich wohl in Acht zu nehmen, überhaupt vor den Leuten nicht viel Geld sehen zu lassen. So kauften sie sich denn einen Ledergürtel, um ihr Silber am Leibe tragen zu können, und steckten nur weniges Geld in die Taschen. Die Theater, Tanzsäle, Spielhöhlen und Stätten des Lasters ließen sie unbesucht; das Gewirr der Menschen und der breiten und schmalen Straßen gab ihnen Unterhaltung genug; der Marktplatz zumal, auf dem Alles zu finden war, was die südliche Zone zu bieten vermag, köstliche Früchte, Gemüse, Fische, Blumen in den buntesten, glänzendsten Farben.

Sie gingen weiter und kamen vor ein stattliches Haus, bei welchem ihre Schritte durch ein Gedränge von Menschen gehemmt wurden, die alle hinein wollten. „Was mag dort vorgehen?" sprach Abe zu Bill, „ist's ein öffentliches Gebäude, eine Börse oder was sonst?" „Treten wir ein," meinte Bill, „und sehen wir, was es gibt." Die beiden Hinterwäldler bahnten sich durch den Menschenknäuel einen Weg, arbeiteten sich durch einen schmalen Hausgang und kamen endlich in eine große halbrunde Halle. Auf der einen Seite befand sich ein langer Bar (Schenktisch), hinter welchem von Tellern, Eßwaaren und Liqueurflaschen umgeben ein aufgedunsener Wirth saß, das Geld einstreichend, das ihm die schwarzen aufwartenden Kellnerburschen aus dem Saale überbrachten. Im Hintergrunde war eine Tribüne errichtet, vor derselben standen die Unglücklichen, welche hier verhandelt werden sollten, Männer, Weiber und Kinder, alle mit einer Nummer versehen. Der Auktionator der Sklavenhändler stand auf der Plattform und wenn er eine Nummer ausgerufen hatte, mußte der Träger derselben zu ihm hinaufsteigen und sich von den Kaufliebhabern betasten und untersuchen lassen. Auch gedruckte Verzeichnisse wurden herumgereicht, auf welchen die Namen und das Alter und Geschlecht der zu verkaufenden Sklaven verzeichnet waren. Außer den breitschultrigen Pflanzern, welche die Mehrzahl der Käufer bildeten, waren auch viele unbetheiligte Zuschauer anwesend, denen es nur um das Schauspiel zu thun war. Einige halbbetrunkene Kerle sprangen auf die Bühne, um den dort aufgestellten Frauenzimmern schamlose Reden in's Ohr zu lallen oder derbe Flüche auszustoßen.

Der streng sittliche, reine und unverdorbene Abraham Lincoln sah dieß ihm ganz neue Schauspiel mit einem innerlichen Schauder. Sein theilnehmender Blick ruhete auf der

Reihe der noch des Verkaufs harrenden Sklaven, von denen viele wie empfindungslos in den Saal hineinstierten, als ginge der Vorgang sie gar nichts an. Einige waren ächte Aethiopier von der Schwärze des Ebenholzes, andere zeigten eine broncefarbene Haut, bis zum lichteren, weißbraunen Teint. Einige junge Mädchen waren nicht dunkler als manche Farmerstochter von Louisiana, sie waren zu Stuben= mädchen für reiche Familien der Crescent City bestimmt. Aber auch eine ganz weiße Frauensperson von etwa vierzig Jahren fand sich unter der zu versteigernden Menschenwaare; ernst und in sich versunken stand sie da, ihre Mienen zeigten einen edlen Ausdruck des Schmerzes, ihre zarten, kleinen Hände deuteten auf keine harte Arbeit.

„Numero sieben!" rief der Versteigerer. „Jenny Hawkins, 42 Jahre alt, gut erzogen, wird eine vortreff= liche Wirthschafterin abgeben!"

Ein gutmüthiger Pflanzer erzählte den Umstehenden, die soeben Aufgerufene sei die Geliebte, man könne sagen die Gattin seines Nachbars gewesen, der ihr einen Freibrief ausstellen wollte, aber durch seinen plötzlichen Tod daran gehindert ward. Sie habe einen Sohn, der sei frei und studire in New=York, aber er sei nicht legitim und habe deßhalb auch keinen Anspruch auf die Mutter. Diese hatte ihren Sohn mit Schmerz erwartet, in der Hoffnung, er werde Mittel gefunden haben, sie aus der Sklaverei zu be= freien. Als nun ihre Nummer aufgerufen ward, rührte sich die arme Frau nicht von der Stelle. Zornig schrie der

Auktionator: „Gott verdamm' mich, wenn ich Euch nicht sogleich Beine machen werde!" Der gute Abe ballte seine Fäuste und zitterte vor Aufregung am ganzen Leibe. „Ruhig, um Gotteswillen ruhig!" flüsterte Bill und ergriff die Hand seines Freundes. Da hörte man einen Aufschrei, ein junger Mann drängte sich ungestüm durch die Menge. „Mutter!" schrie er und umschlang das arme Weib, das soeben die Stufen der Plattform hinanstieg.

Ein Durcheinander von Stimmen und Ausrufen erfüllte in diesem Augenblicke den Saal; einige herzlose Menschen lachten laut auf, andere freuten sich und riefen Beifall. Der Auktionator aber trennte die Mutter von ihrem Sohne, der die nahezu 1400 englischen Meilen von New-York in fliegender Hast zurückgelegt hatte und noch zu rechter Zeit angekommen war.

„Ich biete auf meine Mutter!" rief er mit leidenschaftlicher Stimme in die Versammlung hinein. „Ein Schuft, der gegen ihn bietet," tönte es hier und da aus dem Kreise. Doch nun trat ein gemein aussehender Mensch mit aufgedunsenem Gesicht und wildem Trotz in den Mienen hervor und schrie trotzig: „Ich werde bieten, und wer mir entgegentritt, den schieße ich nieder!" Ein Murmeln lief durch die Menge, doch Keiner hatte den Muth, dem rohen Menschen die Spitze zu bieten. „Das ist Jefferson Stevens — hieß es — der Todfeind des Verstorbenen, der Millionär! Arme Jenny!"

Die Auktion begann. „Viertausend Dollars!" stam-

melte der Sohn; er hatte die größte Summe genannt, über
die er verfügen konnte. Da schickte sich der Pflanzer Stevens
an, ihn zu überbieten, aber nun entstand großer Tumult;
der besser gesinnte Theil der Anwesenden, von edlem Un-
willen ergriffen, stürzte sich auf den rohen Menschen, und
ehe sich's derselbe versah, war er bei den Schultern gepackt,
durch den Saal geschleift und aus der Thür hinausgeworfen.
Der Hammer des Auktionators fiel dröhnend dreimal nieder
— der Sohn hatte die Mutter erworben und jubelnd lagen
sich beide in den Armen.

Der gute Abe athmete auf, als sei eine Last von seinem
Herzen genommen. „Gott sei Dank!" rief er und Thränen
rannen über sein hageres Gesicht. Tief erschüttert verließ
er mit seinem Freunde das Haus; ein Abscheu vor dieser
„häuslichen Einrichtung" des Südens hatte sich seiner
Seele bemächtigt.

Die beiden jungen Männer bezahlten einen Platz auf
dem Dampfboote und kehrten wohlbehalten in ihre Heimath
zurück. Die Kunde von der treuen Pflichterfüllung und
kraftvollen Bewältigung aller Hindernisse verbreitete sich in
der Nachbarschaft und wandte schon jetzt dem jungen Lincoln
das Vertrauen seiner Mitbürger zu.

2.

Der Unternehmungsgeist und Trieb in's Weite, der
tief im angelsächsischen Wesen steckt, ist in amerikanischer Luft
zu voller Entwicklung gelangt. Wie es die europäische

Menschheit im Mittelalter Jahrhunderte nach dem fernen Osten zog, so zieht es in unserer Zeit die Menschen von Europa nach Amerika, den Amerikaner des Ostens aber nach dem fernen Westen. Auch der gute Thomas Lincoln, obschon er ziemlich weit nach Westen vorgedrungen war, wollte noch weiter nach Westen. Der Staat Illinois mit seinem fruchtbaren Prairieboden und ergiebigen Flußniederungen dünkte ihm das Land zu sein, wo „Milch und Honig fließt," und wenn man davon erzählte, kam ihm der Gedanke nicht aus dem Sinn, dorthin überzusiedeln. Seine zweite Frau hatte zwei stattliche Töchter mitgebracht, die hatten geheirathet und die beiden Schwiegersöhne waren rüstige Arbeiter. So fehlte es für die neue Ansiedlung nicht an kräftigen Händen.

Abraham Lincoln war mit dem Plane des Vaters nicht einverstanden, doch als guter Sohn fügte er sich und übernahm willig einen Ochsenwagen zur Führung. Im März 1830 setzte sich die Gesellschaft, welche mit den Kindern 12 Personen zählte, in Bewegung, und in 14 Tagen war der Weg bis nach Decatur in Illinois, das damals nur erst ein kleines Oertchen war, zurückgelegt. Etwa zehn englische Meilen westlich von Decatur, an der nördlichen Seite des Sangamonflusses, ward das neue Blockhaus errichtet, an einer freundlichen Stelle, wo der Waldsaum das Prairieland berührte.

Mit gewohnter Rührigkeit und Rüstigkeit schwang Abe die Axt und in erstaunlich kurzer Frist hatte er Pfähle zu

Fenzriegeln für die Umzäunung von zehn Morgen Landes herbeigeschafft. Es ward geackert und gesäet, und in dem neuen, nicht allzu geräumigen Blockhause richtete man sich ein, so gut es gehen wollte. Doch es kamen schwere Heimsuchungen über die Familie; im Herbst das Fieber, das die Männer so abmattete, daß sie nur nothdürftig das Feld bestellen konnten, und dann stellte sich ein ungewöhnlich strenger und anhaltender Winter ein. Bis zu Manneshöhe bedeckten die Schneemassen das Land und an seiner Oberfläche bekam das Schneefeld eine fast undurchdringliche Eiskruste. Der Verkehr ward gehemmt, selbst die größeren Ortschaften geriethen in Noth, die vielen einzeln gelegenen Farmhäuser und Blockhütten aber, welche nur mit ihrem Dach aus dem Schnee hervorsahen, wurden dem bittersten Mangel preisgegeben und ihre Bewohner mußten am Hungertuche nagen. Da erwies sich der wackere Abraham abermals als ein Schutzengel für die Seinen. Er ging im heftigsten Schneegestöber auf die Jagd, um frisches Fleisch zu schaffen; obwohl er kein tüchtiger Schütze war, ersetzte doch sein Eifer und seine Ausdauer seine Geschicklichkeit. Dann unternahm er mit seinen Schwägern lange, beschwerliche Reisen, um Brod und andere nothwendige Lebensbedürfnisse herbeizuschaffen, und so kam denn der Frühling des Jahres 1831 heran, der die Familie wegen der Ueberschwemmungen zwar auch noch ängstigte, aber bald der Noth ein Ende machte.

Ein unerwarteter Besuch, den John Hanks, der mit

der verstorbenen Mutter Nancy, die auch eine geborene
Hanks gewesen, nahe verwandt war, der Familie Lincoln
abstattete, galt dem Abraham. Dieser sollte wieder ein
Flachboot nach New-Orleans hinunterfahren, das ein Mr.
Offult in Springfield ausrüsten wollte. Im Hause seines
Vaters, der schon wieder mit Auswanderungsplänen um=
ging, konnte er nicht für immer bleiben. Abraham war
im letzten Februar mündig geworden und durfte frei über
sich selbst verfügen. So war ihm der Antrag seines Vetters
Hanks ganz willkommen und er nahm Abschied von den
Seinen, mit schwerem Herzen freilich, denn er hatte aufge=
hört, ein Glied des väterlichen Hauses zu sein. Die Segens=
wünsche des Vaters und der Mutter Sally begleiteten ihn
auf seine neue Wanderschaft.

Die Reise nach New-Orleans ging wieder glücklich
von statten, doch in der Halbmondstadt traf er's dießmal
nicht so glücklich, wie bei seinem ersten Besuch, denn es
wüthete dort das gelbe Fieber, die Geschäfte begannen zu
stocken, in den Straßen wehte eine verpestete Sumpfluft
und wer nicht nothwendig ausgehen mußte, der blieb da=
heim. Die, welche sich in den Straßen begegneten, gingen
in weiten Bogen um einander herum, aus Furcht vor der
Ansteckung. Nur die katholischen Brüderschaften, wie die
vom Herzen Jesu, zur Mutter der sieben Schmerzen, zu
St. Rochus wagten sich hervor, um die Todten zu be=
graben. Viele Leichen sah man schon auf den Quais und
Trottoirs liegen und Lincoln stürzte fast über eine solche,

als er Abends in sein Logirhaus sich begeben wollte. Ein Neger, dem die rechte Hand fehlte — wenn ein Sklave sich an seinem Herrn vergriff, ward ihm die Hand abgehauen — brachte ihm eine Laterne und bei deren Schein sah er, daß fünf Leichen auf dem Trottoir lagen. Dank seiner gesunden Konstitution kam er mit einem leichten Fieber davon und seine Waaren nebst dem Flachboote brachte er abermals recht gut an den Mann und schon im Juni stand er wieder vor Mr. Offult in Springfield, der mit dem erlangten Gewinn sehr zufrieden war. Nachdem er Mister Lincoln den bedungenen Lohn ausgezahlt hatte, machte er ihm das Anerbieten, ob er nicht als Gehilfe in den von Offult zu New-Salem errichteten Kramladen eintreten wolle? „Sehr gern!" war die Antwort.

Abe wanderte also nach New-Salem, wo sein neuer Dienstherr einen Kramladen nebst einer Kornmühle besaß. Seine neue Residenz war ein armseliges kleines Haus mit halbblinden Fenstern und einem so morschen Gebälk, daß man dachte, es müßte jeden Augenblick zusammenstürzen. Laden und Vorrathskammer waren ein paar Bretterverschläge mit Haus- und Ackergeräthe, Zucker und Kaffee, Kleidern, Stiefeln und Nägeln wohl versehen. An der Waage fehlte es natürlich auch nicht und das Instrument, bei dessen erstem Anblick der Knabe in Entzücken gerieth, sollte nun von dem Manne gehandhabt werden. Und dieser Mann war höchlich befriedigt, daß er nun schon eine so hohe

Staffel im gesellschaftlichen Leben erstiegen hatte, daß er ein Storekeeper geworden war.

Man darf die Stellung eines Krämers in einem Dorfe oder einer kleinen Stadt nicht allzu gering anschlagen. Er empfängt die Besuche von Leuten aller Art aus dem Orte und der ganzen Umgegend, und da es eine ebenso angenehme Sache ist, Neuigkeiten mitzutheilen und auszutauschen, als Waaren einzukaufen, so erfährt er immer aus erster Hand, was sich da und dort ereignet hat und wird mit Land und Leuten bald vertraut. Die kleine Zugabe von einem Gläschen Whisky, welche damals noch üblich war, erhöhte nicht wenig die Beweglichkeit der Zunge, und der Verkaufsladen bildete einen Vereinigungspunkt für die Männer, die über Handel und Wandel, über Staats- und Gemeindeangelegenheiten sich unterhielten, auch wohl ein Geschäft abschloßen und von dem Kandidaten redeten, den sie für die nächste Legislatur (gesetzgebende Versammlung) wählen wollten.

So war sein neues Amt als Storekeeper dem Abraham Lincoln sehr ersprießlich als Vorstudium für den künftigen Staatsmann. Die riesig große, knorrige und eckige Erscheinung Abe's hatte nicht verfehlt, in Salem Aufsehen zu erregen. Das leutselige Wesen des Krämerriesen, seine Fertigkeit, den Käufern allerlei witzige Geschichten zu erzählen, und die Gewissenhaftigkeit, mit welcher er Jedem reichlich das Seine abwog und maß, das brachte ihm vielen Zuspruch. Aber zum Vortheil des Mr. Offult war diese Freigebigkeit, die lieber zu viel als zu wenig gab, nicht. Der ehrliche Lincoln war kein spekulirender Geschäftsmann, er verstand es nicht, durch Anpreisen seiner Waare Absatz zu verschaffen, auf Concurrenten zu schelten — er war mit einem Worte kein Krämer= und Geldmensch. Das Geschäft wollte keinen Aufschwung gewinnen und gerieth, da der Eigenthümer ohnehin kein Kapital zur Verfügung hatte, in mißliche Umstände.

Während Lincoln mit dem Gedanken umging, seine Stelle zu kündigen, befreiten ihn seine Mitbürger, deren Vertrauen er im vollsten Maße bereits gewonnen hatte, aus seiner Verlegenheit — sie wählten ihn zu ihrem Haupt= mann für den bevorstehenden Feldzug gegen die Indianer, welche unter Anführung des „schwarzen Falken" (Black Hawk), wie der tapfere Häuptling genannt wurde, in Wisconsin und Illinois eingefallen waren. Die Indianer sollten — so erzählte man übertreibend — alle verein= zelten Niederlassungen umzingelt, in Brand gesteckt, das Vieh fortgetrieben, Männer, Weiber und Kinder nieder= gemacht und skalpirt haben. Die Milizen wurden aufge= boten und New=Salem stellte auch seine Kompagnie. Der große, lustige, kluge Abraham Lincoln sollte der Anführer sein, der freilich von militärischen Dingen noch weniger verstand als von Krämerkünsten, aber als ächter Amerikaner den neuen Ehrenposten mit dem Vorsatz annahm, das seine zu thun, um ihn würdig zu behaupten.

Er setzte also einen betreßten, dreieckigen Offiziershut

auf sein struppiges Haupt, schnallte einen alten, halb=
verrosteten Degen um und rückte mit seiner Schaar, um sie
vor Allem ein wenig einzuüben, auf den Dorfplatz. „Right
face, left face, right, left, right, left! Halt! Attention
Gentlemen!" Und dabei Trommelwirbel und Pfeifen, als
sei es auf das Zerspringen des Trommelfells in den Ohren
der Bewohner New=Salems abgesehen. Die „Freiwilligen"
hatten sich bewaffnet, so gut es gehen wollte; da es an
Flinten fehlte, hatten einige der Tapferen sich mit Heu=
gabeln, alten verrosteten Säbeln und derben Knütteln be=
wehrt, und da Essen und Trinken den menschlichen Leib
erhält, fehlte Keinem der Schnappsack mit Proviant, und
die meisten Milizmänner, welche ihren Blutdurst zuvor mit
der Schnapsflasche zu löschen sich vorgesetzt hatten, trugen
ihre Whiskyflaschen an einer Schnur, die um den Hals ge=
hängt war, und bei jeder Bewegung des Mannes klopfte
die Flasche, bald zärtlich, bald unwirsch auf den Bauch
ihres Trägers. Es geschah den vom Kriegs= und Soldaten=
wesen so weit abgekommenen Republikanern nicht selten, daß
sie rechts und links verwechselten, daß die Glieder wie bei
einem zerschnittenen Regenwurm sich lösten und nach ver=
schiedenen Seiten auseinanderfuhren, ja, daß auch der
Kapitän mit dem Dreimaster mitunter selbst in Verlegen=
heit war, ob er rechts oder links kommandiren sollte. In
sein Kommando redete auch wohl Gevatter Hinz und Kunz
hinein und es entspann sich eine gemüthliche Unterhaltung,
über der man das Exerciren ganz vergaß. Die komischen

Auftritte machten den ohnehin gut gelaunten Kapitän nur noch luftiger, und mit seinem guten Humor brachte er schließlich doch wieder Alles in's rechte Geleis. Daß, wenn diese Hinterwäldlerschaar mit den Rothhäuten zusammengekommen wäre, sie tüchtig darauf losgeschlagen und geschossen hätte, ist ohne Zweifel. Aber als sie nun auf einem abgelegenen Posten im Walde Halt zu machen kommandirt wurde, da zeigte sich weder bei Tag noch bei Nacht' auch kein einziger Indianer, und die Miliz von New-Salem hatte sich nur in geduldigem Warten, im Hungern und Durften — denn die Rationen wurden mit jedem Tage geringer — und im Kampf mit den Muskito's geübt.

Als Lincoln im Kongreß 1848 auf seinen Feldzug von 1832 zu sprechen kam, äußerte er sich in seiner humoristischen Weise also:

„Halten Sie mich, meine Herren, für einen Kriegshelden? Im Black-Hawk-Kriege freilich habe ich gefochten, geblutet und bin entronnen. Doch mein Schwert habe ich nicht zerbrochen, denn ich hatte keins zu brechen, aber einst verbog ich eine Muskete. Als General Caß sein Schwert zerbrach, that er es, wie mir scheint, aus Verzweiflung; als ich meine Muskete verbog, geschah es nur aus Zufall. Wenn General Caß es mir im Heidelbeerpflücken zuvorthat, so übertraf ich ihn in räuberischen Anfällen auf wilde Zwiebeln. Wenn er einen lebendigen, streitbaren Indianer sah, dann sah er jedenfalls mehr als ich; ich meinerseits hatte wohl manches blutige Gefecht, aber nur mit Muskitos, und wenn ich auch nie wegen Blutverlustes in Ohnmacht sank, so passirte es mir zuweilen doch beinahe — aus Hunger."

Wenn aber Lincoln auf seiner kurzen kriegerischen Laufbahn keine Gelegenheit fand, sich auszuzeichnen, so hatte sein Ansehen und sein Ruf bei seinen Mitbürgern doch bedeutend gewonnen, und seine Erwählung zum Kapitän durfte ihn mit gerechtem Stolz erfüllen, wie sie ihm denn auch die Nothwendigkeit fühlbar machte, sich noch weiter in der gesellschaftlichen Stellung emporzuarbeiten. „Mit Ausnahme eines Jahres", äußerte sich später der ehrliche Abraham, „hat mich nie der Hochmuthsteufel gepackt. Damals bildete ich mir, offenherzig gestanden, etwas oder richtiger sehr viel auf meine großen Hände ein, die ich später mit ganz andern Empfindungen betrachten lernte. Die langen Arme, welche sich an den Händen befanden, kamen mir ganz unschätzbar vor. Kein Hunderttausend-Dollars-Mann kann seine Papiere mit größerer Zärtlichkeit, mit zufriedenerem Stolze betrachten, als ich auf meine Arme blickte. Der Kopf schwirrte mir von Plänen; allein ich muß gestehen, daß bei diesen Plänen die Arme und Hände stets die eigentliche Grundlage ausmachten. Vom Shopkeeper-Gehilfen gedachte ich mich bald zum Shopkeeper (Kaufmann) empor zu arbeiten — eine glänzende Aussicht mit unbestimmten Vorstellungen vom Ansprechen des Benefit (beim Bankerott) im Hintergrunde. Arme und Hände waren dann wieder mein Trost, der Anfang und das Ende meiner Träume.

Der „schwarze Falke" machte aus dem Ladendiener einen Kapitän, ich will nicht sagen, daß ich expreß vom Black Hawk mein Patent erhielt, aber ich hatte doch, gleich unseren Feldherrn, mir vom Black Hawk ein Stück Ruhm — eine Art von Skalp — herabgeschunden. Kapitän ist ein merkwürdiges Wort. Ein Kapitän kann doch kein Ladendiener werden, wenn er seiner alten Kompagniemannschaft gegenüber auf Hochherzigkeit, „Pluck", Anspruch erheben will. Und so ist's denn der Hochmuthsteufel, der mich wie der Engel des Habakuk beim Kopfe nahm und mir zeigte, daß mein Daumen und meine beiden rechten Vorderfinger sich mit dem Reste der rechten und mit der ganzen linken Hand zu messen vermöchten und daß, Alles richtig gerechnet, meine Zunge schwerer wiegen könne als meine beiden langen Arme. Wen aber der Teufel einmal gepackt hat, den läßt er so bald nicht wieder los. Er zeigte mit dem Daumen über die Schulter, mir anzudeuten, daß in der Kompagnie, die von den bösen Engeln Kuthriel und Dalziel (Habsucht und Ehrgeiz) kommandirt wird, noch ein Plätzchen als Freiwilliger für mich offen gelassen sei. Ich warf den Ladendiener unter den Ladentisch und ging als hoffnungsvoller Rechtsgelehrter von dannen. Meine Lieutenants waren fast alle Advokaten geworden, und ihr Kapitän zeigte, so hoffe ich, daß er noch immer würdig sei, die wackeren Jungen zu kommandiren."

So sehr Lincoln nach seinem innersten Wesen zum Rechtsanwalt berufen war, so erging es doch ihm, wie so

vielen anderen großen Männern vor und nach ihm, — die
liebe Noth trieb ihn auf den Weg, der schließlich zum Ziele
führte und der beste war. Es waren die Schulden, die er
gemacht hatte und die er als ehrlicher Mann bezahlen wollte,
aber mit bloßer Handarbeit und Tagelöhnen nicht tilgen
konnte, welche ihm den Gedanken nahe legten, sich einer Be=
schäftigung zuzuwenden, die ihm so viel einbrächte, daß er
einen Theil des Erworbenen zurücklegen könnte. Und so
stellte sich der Beruf des Advokaten als das glänzende Ziel
vor seine Seele, dem er zusteuern müsse.

Als er nach seinem dreimonatlichen Feldzuge nach New=
Salem zurückkehrte, war eben Wahlbewegung für die gesetz=
gebende Versammlung des Staates Illinois. Seine Mit=
bürger, wie sie den klugen und charakterfesten Abraham
Lincoln durch Erwählung zum Hauptmann der Miliz ge=
ehrt hatten, wollten ihn nun auch für die Legislatur zum
Abgeordneten erwählen; er erhielt von 274 Stimmen nicht
weniger als 267. Lincoln war für den milden, versöhn=
lichen Staatsmann Heinrich Clay, der auf Seiten der Whigs
stand; hatte er doch schon als Knabe dessen Lebensbeschreibung
mit hoher Freude gelesen und den verehrten Mann in
sein Herz geschlossen! Aber die Demokraten, welche da=
mals noch Hand in Hand mit den Sklavenbesitzern der
Südstaaten gingen, hatten auch in Illinois noch das Ueber=
gewicht und es ward in den anderen Wahlbezirken der de=
mokratisch gesinnte General Jackson durchgesetzt.

Was nun beginnen? Mit der Axt das Hinterwäldler

Farmerleben fortsetzen, das wollte und konnte er nicht. Da bot ihm ein früherer Bekannter von ihm die Theilhaberschaft an einem Krämergeschäft an, das derselbe in New-Salem zu gründen im Begriff stand; Verlust und Gewinn sollte zwischen beiden Associés gleich getheilt werden. Der arme Schlucker hatte aber alle seine Waarenvorräthe geborgt und hoffte, durch Abraham Lincoln sein Geschäft emporzubringen. Zu diesem Zwecke wollte er auch einen Branntweinschank eröffnen, was Lincoln, ein strenger Anhänger des Enthaltsamkeitsprinzips, der weder geistige Getränke genoß noch Tabak rauchte, entschieden verweigerte. Der Associé übernahm am Ende den alleinigen Betrieb des Kramladens, der aber bald geschlossen werden mußte. Der arme Abraham verlor dabei nicht nur alle seine Ersparnisse, sondern wurde auch für eine Schuldenlast von 1100 Dollars verantwortlich.

Das Unglück, weit entfernt, ihn muthlos zu machen, regte alle seine Kräfte auf. Hatte er doch in den Biographieen Plutarchs, in den Lebensbeschreibungen Washingtons und Benjamin Franklins das Hochbild von Männern angeschaut, die auch mit des Lebens Noth und Widerwärtigkeit hatten kämpfen müssen! Hatte doch der gefeierte Held Washington sich auch erst durch geraume Zeit hin als Feldmesser sein Brod verdienen müssen und wie sauer waren dem wackeren Franklin die Lehrjahre geworden! Daß Lincoln, nachdem er als Hauptmann bei seinen Mitbürgern so viel Achtung genossen und als Abgeordneter zu wirken für würdig erachtet worden war, sich mit einem abgetragenen Anzuge behelfen mußte, der immer fadenscheiniger wurde; daß er bei aller Mäßigkeit und Einschränkung oft nicht wußte, woher ihm das tägliche Brod kommen und wohin er sein Haupt legen sollte; das war hart genug. Aber sein Gottvertrauen hielt ihn aufrecht und es täuschte ihn nicht.

Zunächst ward ihm die Postmeisterstelle von New-Salem verliehen. Das war freilich ein sehr unbedeutender Posten, der wenig einbrachte, aber doch das Gute hatte, daß er seinen Inhaber mit vielen Leuten in Berührung brachte, ihm manchen Freund erwarb, auch Zeit genug übrig ließ, um durch Selbststudium sich fortzubilden. Von einem Advokaten der Nachbarschaft lieh er sich juristische Bücher — denn zum Ankauf der Bücher fehlte ihm das Geld, — und um seinem Gönner, der vielleicht diese Werke den Tag über selber brauchen mußte, nicht beschwerlich zu fallen, holte er das Buch am Abend, las und schrieb daraus bis tief in die Nacht hinein und brachte es am andern Morgen dem Eigenthümer wieder zurück. Auch durch fleißiges Lesen der Zeitungen, die er als Postmeister aus erster Hand bekam, wußte er seine juristischen und politischen Kenntnisse zu erweitern und sich fortzubilden. Schon damals ward sein stets praktischer Rath und treffendes Urtheil vom Volke sehr gesucht, und statt zu einem Advokaten zu gehen, kamen Viele zu dem Postmeister Lincoln, um in verwickelten Streitigkeiten oder schwierigen Rechtsfällen seinen ehrlichen Rath zu vernehmen.

Glücklicher Weise dauerte es nicht zu lange, bis sich dem braven Manne eine Gelegenheit darbot, um Geld zu verdienen und die Gläubiger befriedigen zu können. Diese waren zwar durchaus nicht ungeduldig geworden, sie hatten zu Lincolns Redlichkeit das beste Vertrauen, aber dem Schuldner fiel es immer schwerer auf's Herz, wenn er einem seiner Gläubiger begegnete. In ganz Illinois herrschte damals eine wahre Leidenschaft, Stadt- und Landgrundstücke zu vermessen und auszuweisen. Eine Vermessungsgesellschaft hatte an dem Centralpunkte Chicago ihren Sitz und machte von dort aus sehr gute Geschäfte. Nach allen Richtungen hin wurden Baupläne für neu zu gründende Städte und Ortschaften abgesteckt und zum Verkauf ausgeboten. Der damalige Landesvermessungschef von Sangamon-County, John Calhoun, der einige Jahre später in dem Streit über die Kansas-Angelegenheit eine so hervorragende Rolle spielte, machte unserem Lincoln den Vorschlag, die Vermessungen für seinen Distrikt zu übernehmen. Der rüstige, arbeitslustige Hinterwäldler erklärte sich sogleich bereit dazu, obwohl er nichts von der Mathematik und Feldmeßkunst verstand. Er verschaffte sich alsbald die nöthigen Bücher, um sich in das neue Fach hineinzustudiren, nahm Kompaß und Meßkette und zog hinaus in's Freie, um sein Werk zu beginnen.

Die Arbeit war viel schwerer und mühseliger, als er

sie sich vorgestellt hatte, denn es mußten die unwirthbarsten, wildesten Gegenden durchzogen werden; oft ging's durch bodenlose Sümpfe oder durch angeschwollene Waldbäche, oder es mußte auf einem Flecke Halt gemacht werden, wo ein Heer von Muskito's auf Gesicht und Hände stürzte und alle Thätigkeit zu hemmen drohte. Nicht immer war ein Blockhaus in der Nähe, das für die Nacht einen geschützten Lagerplatz bot, dann ward unter dem offenen Himmelszelt das Nachtlager gehalten. Die zähe Natur Lincolns war jedoch allen Wechselfällen gewachsen und da seine Arbeit gut bezahlt ward, so ließ er nicht nach und hatte nach Jahresfrist die Genugthuung, alle seine Schulden bezahlt zu sehen. Nun konnte er wieder als unabhängiger Mann in New-Salem erscheinen, konnte freier sein Haupt erheben und miethete sich als sogenannter „Boarder" bei einer Familie ein, wo er Kost und Logis zahlte.

Seine Vermessungsarbeiten setzte er fort, und diese entfernten ihn mitunter Wochen lang von seinem Wohnorte. Auch das Rechtsstudium ward eifrig fortgesetzt und jeder freie Augenblick mit dem Lesen juristischer Bücher ausgefüllt. Das stille, häusliche Leben bei Mister Cameron, dessen Kostgänger er war, gefiel ihm; als er aber durch Cameron mit dessen Geschäftsgenossen, Mister Rutledge, bekannt geworden war, und den sehr gemüthlichen Familienkreis dieses Mannes näher kennen gelernt hatte, zögerte er nicht, sich bei den Rutledge's einzunisten. Der Magnet, der ihn gewaltig anzog, war wohl nicht Herr oder Frau

Rutledge, sondern Anna, die schöne Tochter des Hauses, die mit tugendsamer Häuslichkeit einen feinen, gebildeten Geist und ein edles Herz vereinte, so daß auch dem wackeren Abe das Herz aufging, wenn er sich mit ihr unterhielt. Je mehr sich beide junge Leute kennen lernten, desto inniger wurde das Band, das ihre Herzen umschlang. Miß Anna hatte sich durch das äußere rauhe und linkische Wesen Abe's nicht über dessen tieferen Gehalt und Werth täuschen lassen, und fühlte sich sympathisch zu ihm hingezogen. In der treuen Seele Lincolns, der bis jetzt so sehr mit Arbeit und seiner eigenen Ausbildung beschäftigt gewesen war, daß er an Frauenliebe gar nicht gedacht hatte, schlug die edelste Neigung schnell tiefe Wurzeln. Aber dieß Verhältniß nahm bald ein trauriges Ende. Miß Anna hatte sich vor längerer Zeit mit einem jungen Schotten verlobt, der nach New-York gewandert war und kein Wort von sich hatte hören lassen. Sie glaubte sich von ihm vergessen und verlassen und schloß mit dem von ihr hochverehrten Lincoln den Herzensbund. Da kam aber ein Brief von dem Schotten, der nicht unehrenhaft gehandelt hatte, sondern von einer schweren Krankheit heimgesucht worden war. Leichenblaß, mit verweinten Augen trat das schöne Mädchen zu Abe und stammelte: „Wir müssen entsagen, Abe!" Und als der bestürzte Mann das Nähere erfahren, sprach er auch: „Wir müssen entsagen!" „Aber ich werde, das fühle ich jetzt, ihm ebenso wenig angehören als Dir", fuhr Anna fort, indem sie die Hand auf das zuckende Herz preßte,

„ich werde bald sterben!" Abe breitete seine Arme aus, schluchzend sank das Mädchen an seine Brust. Dann zog sie still auf eine einsame Farm westlich von New=Salem gelegen und sank dort in's frühe kühle Grab. So endete die Jugendliebe Lincolns.

In einem Leben, das bis zum letzten Athemzuge Arbeit und Kampf und Wirken nach außen war, mochte ich diesen Zug aus der Gemüthswelt des edeln Mannes nicht über=
gehen.

Abraham Lincolns Stern war im Aufsteigen begriffen; er erhob sich immer höher und glänzender. Noch hatte er nicht die Advokatenwürde erlangt und kaum sein fünfund=
zwanzigstes Lebensjahr zurückgelegt, als er schon zum Ab=
geordneten für den gesetzgebenden Körper seines Staates erwählt wurde und zwar mit einer größeren Majorität von Stimmen, als je ein Candidat erhalten hatte. Mit ihm wurde sein Freund, Major John F. Stuart, damals ein bekannter Advokat, gewählt. Da er zuvor erst selber hören, prüfen, sich Einsicht verschaffen wollte, ehe er zum Reden sich anschickte, so begnügte er sich während der ersten Session mit einer beobachtenden Rolle, folgte sehr aufmerksam den Debatten, mischte sich aber selber nicht in den Kampf. Die Mehrzahl der Gesetzgeber von Illinois hatten Großes von Lincoln erwartet und stimmten nun ihre Meinung von seinen Fähigkeiten herab. Nur einige wenige scharfblickende Männer ließen sich nicht irre machen in ihrer Schätzung der geistigen Persönlichkeit Lincolns. Als dann der be=

rühmte politische Agitator Stephen A. Douglas von Vermont nach Illinois herüberkam und mit keinem anderen als mit Abraham Lincoln in freundschaftliche Verbindung trat, überraschte das die Freunde wie die Gegner des jungen Mannes.

Im Jahr 1836 fühlte sich Lincoln stark genug, die Prüfung als Rechtsanwalt bestehen zu können, und im Herbst dieses Jahres ward ihm die Advokaten-Licenz ausgefertigt. Im April des folgenden Jahres siedelte er nach Springfield, dem Hauptort des Staates Illinois über und ward von seinem Freunde Stuart als Partner in dessen Bureau aufgenommen. Bald zeigte sich's, daß er ein Advokat ersten Ranges war, der mit gründlicher Kenntniß des amerikanischen Rechtswesens eine überzeugende Kraft der Darstellung verband und die verworrensten und schwierigsten Fragen auch für den einfachsten Menschenverstand schnell zu entwirren und klar zu machen verstand. Besonders gesucht war Lincoln als Vertheidiger bei den Sitzungen des Schwurgerichtes, er übernahm aber auch nur die Vertheidigung einer Sache, von deren Gerechtigkeit er überzeugt war. Mit spitzfindigen Reden und Sachwalterkünsten eine schlechte Sache zu vertheidigen und aus schwarz weiß, aus links rechts zu machen, das war ihm zuwider.

Unter vielen Rechtsfällen möge nur der folgende, welcher allerdings auch zu den ausgezeichnetsten gehörte, hier eine Stelle finden.

Eines Tages, da Lincoln in den Zeitungen blätterte,

fand er unter der Tageschronik eine Notiz, daß ein gewisser Armstrong, der älteste Sohn und die einzige Stütze einer armen Wittwe, die auf einer kleinen Farm nächst Petersburg lebe, während eines Camp=Meetings und bei einer Nachts stattgehabten Schlägerei ergriffen und festgenommen worden sei, da man ihn nicht ohne Grund beschuldige, einen jungen Mann ermordet zu haben, der bei der Rauferei sein Leben eingebüßt hatte.

Rechtsanwalt Lincoln gerieth in große Aufregung. „Armstrong" — „kleine Farm bei Petersburg" — das war ja die Familie, die ihn als Jüngling so gastfrei aufgenommen und unter deren Dache er die ersten juristischen Studien begonnen hatte! Er hatte den Sohn wohl als einen etwas leichtsinnigen Menschen kennen gelernt, aber als einen Verbrecher konnte er ihn sich nicht denken. Da Springfield der County=Sitz war, so mußte der arme junge Mann jedenfalls dahin abgeliefert werden und die Jury über ihn aburtheilen. Der edle Lincoln erkundigte sich sogleich näher nach der Sache, erfuhr, daß demnächst eine Schwurgerichtssitzung stattfinden werde, und daß eine kurze Voruntersuchung vor dem Friedensrichter die Schuld des jungen Armstrong so gut wie erwiesen erscheinen lasse, da der Angeklagte nichts Stichhaltiges wider die Aussagen seines Anklägers vorzubringen vermochte.

Lincoln erwirkte sich den Zutritt zum Grafschafts=gefängnisse, wo der Gefangene saß. Trauriges Wiedersehen eines alten Bekannten! Er fand den jungen Armstrong verstört und tief gebeugt; er betheuerte aber fest und eindringlich seine Unschuld. Nachdem sich Lincoln den ganzen Vorgang genau hatte erzählen lassen und verschiedene Fragen an den jungen Mann gestellt hatte, kam er zur Ueberzeugung, daß man denselben fälschlicher Weise des Verbrechens beschuldige. Doch das falsche Zeugniß zu entkräften schien fast unmöglich.

Die Zeitungen nahmen alle gegen den Angeklagten Partei; die absurdesten Gerüchte aus seinem früheren Leben, die auf einen jähzornigen, rohen Charakter schließen lassen sollten, wurden in Umlauf gesetzt und so die Menge gegen den vermeintlichen Mörder zu wirklicher Wuth aufgestachelt. Seine Verurtheilung schien Allen im Voraus gewiß.

Unter solchen Umständen traute Lincoln der Jury von Springfield keine unbefangene Prüfung des Falles zu und das Erste, was er mit richtiger Würdigung der Verhältnisse that, war, daß er die ganze Gerichtsverhandlung in eine andere „Grafschaft" (County) verlegte und eine sogenannte change of venue erwirkte. Die Verhandlung wurde vertagt und der Gefangene von Springfield nach Taylorsville transportirt. Dann arbeitete Lincoln in aller Stille seine Vertheidigungsrede aus.

Die Stunde des „Trials" erschien, welche über Sein oder Nichtsein des Gefangenen entscheiden sollte. Das Courthaus (der Gerichtshof) war schon stundenlang vom Publikum belagert worden. Endlich ward der Saal geöffnet; der Richter, die Männer der Jury, der öffentliche

Ankläger (Prosecuting attorney), die Zeugen und der Vertheidiger des Angeklagten nahmen ihre Sitze ein und die County-Clerks legten ihr Protokollpapier zurecht und spitzten die Federn.

Die alte unglückliche Mutter Armstrong war auch erschienen, der Verhandlung, die gegen ihren Sohn geführt ward, beizuwohnen. Bleich und kummervoll, vom Schmerz niedergebeugt, saß sie auf einer der vordersten Bänke, die Hände gefaltet, nur die Lippen regend im stillen Gebet. Nun ward der Gefangene vom Sheriff und dessen Untergebenen in den Saal geführt und Aller Blicke waren auf den jungen Mann gerichtet, der zwar in tiefster Niedergeschlagenheit und sehr ermattet einherging, aber doch gar nicht wie ein Verbrecher aussah. „O mein Gott!" rief die arme Mutter; der unglückliche Sohn erblaßte noch mehr, als er sie sah, er regte die Lippen, doch kein Laut kam über dieselben; er wankte unsicher auf seinen Platz.

Die Verhandlung begann. Der öffentliche Ankläger erhob sich und trug die Anklage vor. Dann ging's an's Zeugenverhör. Derjenige Bursche, dessen Zeugniß am beschwerendsten lautete, war ein blasser, hagerer Mensch mit unstetem Blick und sehr gemeinen Zügen. Er war ein Kamerad des Erschlagenen gewesen, hatte sich aber gegen Armstrong stets feindlich bewiesen. Mit gehässigem Eifer betheuerte er, daß er mit eigenen Augen gesehen habe, wie der junge Armstrong sich mit einem Messer auf den Getödteten gestürzt habe.

Abraham Lincoln hatte bis dahin ganz ruhig und scheinbar theilnahmlos dagesessen. Nun aber richtete er seine Fragen an diesen Hauptzeugen.

„Ihr seid von den soeben vernommenen drei Zeugen der einzige, der das sah, so viel ich weiß."

„Ja, Sir. Ich war im Handgemenge unmittelbar neben den beiden!"

„Um welche Stunde saht Ihr es."

„Zwischen halb zehn und zehn Uhr, Sir!" erwiderte der Zeuge trotzig.

„Ja, ja, um zehn Uhr," bemerkte Lincoln trocken. „Aber da war es ja völlig finster!"

„Nein, Sir! der Mond schien so hell, daß ich hätte eine Zeitung lesen können!" lautete die Antwort.

„So, so!" Lincoln machte keine weitere Bemerkung und begann nun seine Vertheidigungsrede. Er hob vor Allem hervor, daß der Angeklagte wohl etwas leichtsinniger Natur, aber niemals schlecht gewesen sei, wie solches durch vollgültige Zeugnisse auch festgestellt worden. Mit einschneidender Schärfe ging er dann auf die Widersprüche ein, die sich in den verschiedenen Zeugenangaben zeigten und von Niemand beachtet worden waren, nun aber allen Anwesenden einleuchteten. Indem er das Gewebe einer teuflischen Bosheit in der Anklage bloslegte, ward seine Rede immer gewaltiger und der falsche Hauptzeuge wurde sichtlich davon getroffen. Zwar suchte er seine Verlegenheit unter einem finsteren, trotzigen Blicke zu verbergen, aber er wurde blasser, während des jungen Armstrongs Wangen wieder Farbe bekamen. Als aber Lincoln schließlich einen Kalender aus der Tasche zog und nachwies, daß an jenem Tage oder Abende der Mond um 10 Uhr noch gar nicht habe scheinen können, weil er erst um Mitternacht aufgegangen sei, da ward die ganze Versammlung tief ergriffen, Bestürzung malte sich auf dem Gesicht des frechen Zeugen und Jeder war von des Angeklagten Unschuld überzeugt.

Die Geschworenen zogen sich nur kurze Zeit zurück; bald erschienen sie wieder und erklärten: Nicht schuldig! Die begeisterte Menge empfing diesen Spruch mit Jubelgeschrei. Mutter Armstrong schwankte zu ihrem Sohn, die zitternden Arme ihm entgegenstreckend; sprachlos, vom Glück überwältigt, sank er an die Mutterbrust und Lincoln feierte eine der schönsten Stunden seines Lebens. Bescheiden hatte er sich in eine Ecke des Saales zurückgezogen und stand am Fenster, durch das die untergehende Sonne ihr Purpurlicht goß; ihre Strahlen verklärten die hohe Stirn des Mannes, der im Bewußtsein eine gute That vollbracht zu haben, in ruhiger Würde sich den Lobpreisungen der Menge entzog. Der junge Armstrong eilte zu seinem Befreier und war so ergriffen von Dankbarkeit, daß er nicht die rechten Worte finden konnte. Ueber Lincolns Gesicht ging ein mildes, zufriedenes Lächeln; er stellte seinen Schützling an's Fenster, zeigte ihm die in rosiger Glut schwimmende Sonne und sprach: „Seht, die Sonne ist noch nicht untergegangen und Ihr seid frei!" Zu seiner Mutter hatte er am Morgen dieses Tages gesagt, daß er ihr den Sohn noch vor Sonnenuntergang zurückgeben werde.

Lincolns Ruhm als Sachwalter stieg mit jedem neuen Rechtsfall, den er übernahm, und er mußte oft weite Reisen in die Umgegend machen, weil man seiner Hilfe in schwierigen Prozessen nicht entbehren mochte. Wer Freude am Schaffen und Wirken hat und für seinen Thätigkeitstrieb den rechten Kreis findet, der ist glücklich. Lincoln fühlte sich in der „Blumenstadt" (wie man Springfield auch wohl nannte) um so glücklicher, als er dort im Hause des Doktors Todd ein holdes Blümchen fand, das er bald das seine nennen durfte. Es war die schöne, siebenzehnjährige Miß Mary, welche dem zweiunddreißigjährigen Manne am 4. November 1842 ihre Hand reichte und ihm fortan eine Häuslichkeit bereitete, in der er sich wohl fühlte, und nach allen Anstrengungen und Arbeiten, die sein Beruf mit sich brachte, die beste Erholung fand.

Viel freie Stunden waren dem strebsamen Manne freilich nicht bescheert, denn noch ehe er die Advokaten-Licenz erhalten hatte, ward er im Jahre 1836 schon zum zweiten Mal in die Legislatur gewählt. Sein Redetalent war in den Parteikämpfen unschätzbar und dazu kam seine Begeisterung für Wahrheit und Recht, die sich Jedem fühlbar machte, der ihn sah und hörte und selbst seinen Gegnern gewaltig erschien. Er führte den geraden Schwerthieb des Wortes, und wenn er auch in schonender Weise dieß und jenes nur verblümt oder in witziger Anspielung zu sagen beliebte, so traf er doch stets in's Schwarze und war des Erfolges gewiß.

Als er in New-Salem zum zweiten Mal in die Legislatur gewählt werden sollte, suchte ihm Oberst Allen dadurch entgegenzuwirken, daß er Abe's politische Gesinnung und Aufrichtigkeit verdächtigte. Darauf schrieb dieser folgenden Brief:

New-Salem, 21. Juni 1836.

Werther Oberst!

Es ist zu meiner Kenntniß gelangt, daß Sie während meiner Abwesenheit von hier letzte Woche durch unsern Ort gekommen sind und öffentlich erklärt haben, Sie seien im Besitze einer Thatsache oder von Thatsachen, welche, wenn das Publikum sie erfahren würde, N. W. Edwards und meine Aussichten für die kommende Wahl vernichten müßten; daß Sie aber aus Wohlwollen für uns darüber schweigen würden!

Niemand hat des Wohlwollens mehr bedurft, als ich, und Wenige mögen im Allgemeinen weniger abgeneigt gewesen sein, es entgegenzunehmen; aber in diesem Falle würde ein Wohlwollen gegen mich eine Ungerechtigkeit gegen das Publikum sein und daher muß ich um Entschuldigung bitten, wenn ich es hiermit ablehne. Daß ich einst das Vertrauen des Volkes von Sangamon-County besaß, ist hinreichend klar, und hätte ich seither etwas begangen, sei es vorsätzlich oder unvorsätzlich, das, wenn enthüllt, mich dieses Vertrauens unwürdig machen müßte, so wäre derjenige, dem solche Fakta bekannt sind und der sie verschweigt, ein Verräther an der Sache seines Landes.

Ich befinde mich durchaus nicht in der Lage, auch nur ahnen zu können, welches Faktum oder welche Fakta, seien diese bestimmt oder muthmaßlich, Sie haben andeuten wollen. Aber meine Meinung von Ihrer Wahrheitsliebe wird mir auch nicht einen Augenblick gestatten, zu zweifeln, daß Sie wenigstens glauben was Sie sagen. Die persönliche Rücksicht, welche Sie mir bezeugt haben, ist mir schmeichelhaft; doch hoffe ich, daß Sie nach reiflicher Ueberlegung das öffentliche Interesse als die höchste Rücksicht betrachten und sich daher entschließen werden, selbst das Schlimmste über mich ergehen zu lassen.

Ich gebe Ihnen hiermit die Versicherung, daß eine redliche Darlegung von Thatsachen Ihrerseits, so sehr sie mich auch herabwürdigen mögen, dennoch nicht die Bande unserer persönlichen Freundschaft lockern werde.

Ich wünsche eine Antwort auf dieses Schreiben und es steht Ihnen frei, beides zu veröffentlichen, wenn es Ihnen beliebt.

Hochachtungsvollst

Dem Oberst Robert Allen.   A. Lincoln.

Im Jahr 1838 und 1840 ward Lincoln abermals gewählt und zum „Sprecher" ernannt; er galt bereits für die bedeutendste politische Persönlichkeit in Illinois, und seine Partei, die Whigs, folgten ihm mit unbedingtem Zutrauen auf Tritt und Schritt. Die Whigs verlangten eine kräftige Centralgewalt, die Demokraten hingegen strebten nach Decentralisation, d. h. sie wollten die Einzelstaaten mit größter Machtfülle und möglichst vielen Befugnissen ausrüsten, und da dieses hauptsächlich im Interesse der südlichen Sklavenstaaten lag, welche bekanntlich die Sklaverei als ihre eigene „häusliche Angelegenheit" betrachteten, in die der Norden nichts hineinzureden habe, und über die auch der Nationalkongreß nicht entscheiden dürfe, so war der ganze Süden demokratisch gesinnt. Aber auch im Nordwesten der Union und namentlich in Illinois zählte die demokratische Partei viele Anhänger, und bei ihrem heftigen, rücksichtslosen Vorgehen hatten die Whigs und Republikaner einen harten Stand.

Lincoln, nachdem er in den ersten vierziger Jahren sich ganz seinem Berufs- und Familienleben hingegeben hatte, trat 1844 wieder in die Schranken des politischen Kampfplatzes. Es war eine neue Präsidentenwahl ausgeschrieben; die Sklavenbarone des Südens im Verein mit den Demokraten des Nordens boten alle Mittel auf, ihren Candidaten, J. Knox Polk, durchzusetzen, und wie es ihnen bei fast allen früheren Wahlen gelungen war, gelang es ihnen auch diesmal. Die Whigpartei hatte ihr Auge auf ihren treuen und edeln Anhänger Henry Clay geworfen, den berühmten Kentucky-Staatsmann, der schon im Jahre 1830 zu Gunsten einer starken Centralregierung, sowie eines Schutzzollsystems aufgetreten war, das die Industrie der Nordstaaten England gegenüber sicher stellen sollte, aber den Südstaaten, die keine Industrie zu schützen brauchten und so billig wie möglich einkaufen wollten, verhaßt war. Henry Clay ward seines milden, versöhnlichen Charakters willen selbst von den gemäßigten Demokraten hoch geachtet; seine Anhänger legten sich stolz den Namen Clay=Männer bei, und Abraham Lincoln, der schon als Knabe das Leben H. Clay's mit Begeisterung gelesen hatte, hing ihm voll Verehrung an. Es galt nun, Clay gegen Polk in die Schranken zu führen und die öffentliche Meinung für die Whigpartei zu bearbeiten, und Lincoln entschloß sich auf das inständige Bitten seiner politischen Freunde, den Staat Illinois nach allen Richtungen zu bereisen, um an öffentlichen Orten oder in ausdrücklich berufenen Wahlversammlungen zu Gunsten Henry Clay's Reden zu halten. Mit gewohnter Gründlichkeit und Klarheit setzte er die Grundsätze auseinander, auf denen die Politik H. Clay's beruhte; er gewann zahlreiche Anhänger für seinen Candidaten, aber noch waren die Demokraten in Illinois zu stark und Lincoln merkte bald, daß er noch nicht durchzudringen im Stande sei. Vier, ja sechs Stunden lang faßte er auf dem Baumstumpen (die übliche Rednertribüne im Westen) Posto, machte lange Tagemärsche und ließ sich keine Mühe verdrießen. Dann zog er über den Wabashfluß in seine frühere Heimat Indiana und fand auch da vielen Beifall. Doch der Zweck ward nicht erreicht, denn Polk erhielt 1,335,834 Stimmen und Clay nur 1,297,033. Der rednerische Feldzug Lincolns war aber keineswegs unfruchtbar gewesen; er hatte die Partei gestärkt und Lincolns große politische Befähigung und rednerische Kraft in den weitesten Kreisen berühmt gemacht. Wiederholt hatte der Demokrat John Calhoun, der Illinois durchzog, um für Polk zu werben, vor der mächtigen Beredsamkeit Abraham Lincolns die Segel streichen müssen, und doch war Calhoun einer der tüchtigsten Redner seiner Partei.

Im Jahre 1846 ward Lincoln zum Abgeordneten in den Kongreß der Vereinigten Staaten erwählt und nahm im folgenden Jahre seinen Sitz im Repräsentantenhause zu Washington ein. Dort erklärte er, daß er am Grundgesetz der Union, das die Sklavenfrage offen gelassen und sie als Angelegenheit der Einzelstaaten stillschweigend frei gelassen habe, nichts geändert wissen wolle, und was die Weisheit der Väter beschlossen habe, das müsse von den Nachkommen in Ehren gehalten werden. Aber — und damit trat er den nord= und südstaatlichen Heißspornen gegenüber — daraus dürfe Niemand folgern, daß den neu hinzugekommenen Staaten die Sklaverei aufgedrungen werden müsse. Er erklärte sich gegen die Annexion von Texas und den wegen derselben entbrannten Krieg mit Mexico, den er als einen ungerechten verurtheilte. Da aber seine Stimme nicht durchdrang, war er wieder patriotisch genug, nicht mit seinen Parteigenossen zu stimmen, welche einen Akt der Rache ausüben wollten, indem sie den Kriegsmännern, die sich an diesem Kriege betheiligt hatten, den Sold vorenthielten. Er war für reichliche Beschaffung der Mittel, damit die braven Unionssoldaten nicht verkürzt würden, dagegen stimmte er für das ‚Wilmot Proviso,' das dem Präsidenten für die Bewilligung der geforderten Summe die Verpflichtung auferlegte, die Sklaverei von dem neu angeschlossenen (annektirten) Gebiete fern zu halten. Wilmot, Repräsentant für Pennsylvanien, hatte nämlich den Antrag gestellt, daß die Sklaverei in den neu erworbenen oder aufgenommenen Staaten und Territorien der Union auf immer verboten werden sollte. Dieser Antrag wirkte recht eigentlich als der chemisch-wirksame Stoff, der die bisherige Parteimischung zersetzte. Es bildete sich die Partei der freesoilers oder Freibodenmänner, die sich gleichmäßig gegen alle direkten und indirekten Freunde der Sklaverei erklärte und den Humanismus auf ihre Fahnen schrieb.

Im Jahre 1848 ward ein neuer Präsident gewählt; die Freesoilers machten Martin van Buren zu ihrem Candidaten, die Whigs aber, auf deren Seite Lincoln war, stimmten für General Taylor, der auch im Süden beliebt war. Lincoln hatte noch immer eine versöhnliche Politik im Auge, während der Süden nicht Einen Schritt that, um den Norden zu versöhnen. Das zeigte sich wieder im Streite wegen Californien. California war, so lange es zu Mexico gehörte, das wilde, von Indianerhorden durchzogene, unwegsame und unbebaute Land geblieben. Seine reichen Goldminen, von denen die Mexicaner nichts geahnt, und die auch, wenn sie dieselben gekannt hätten, schwerlich von ihnen wären ausgebeutet worden, waren den auf Entdeckungen begierigen Bewohnern der Vereinigten Staaten nicht entgangen. Mit reißender Schnelligkeit hatten sich Tausende von Yankee's, aber auch Tausende von Irländern, Schweizern und Deutschen an den californischen Flüssen und in den von hohen Gebirgen eingeschlossenen Thälern des neuen Landes zusammengefunden und sich da angesiedelt. So kam es, daß Californien schon im Jahre 1848 eine hinlängliche Einwohnerzahl besaß, um als freier Staat in die Union aufgenommen werden zu können. Die Südstaaten aber widersetzten sich diesem Eintritt. Und warum? Weil die Union gerade jetzt aus 15 freien und 15 Sklavenstaaten bestand. Wäre nun das freie Californien dazu gekommen, so hätten die freien Staaten im Senat das Uebergewicht gehabt. Diese Widersetzlichkeit war eine freche Verletzung des sogenannten Missouri=Kompromisses.

Im Jahre 1820 wäre es fast auch schon zum Bürgerkriege gekommen, weil der Süden darauf bestand, daß der neue Staat Missouri, obwohl er seiner Lage nach zum Norden gehörte, zum Sklavenstaat erklärt wurde. Der Zank wurde nothdürftig beigelegt durch das Uebereinkommen, „daß im ganzen von Frankreich abgetretenen Territorium Louisiana nördlich vom 36° 30' nördl. Br. an, mit Ausnahme des jetzt zu bildenden Staates Missouri, Sklaverei für immer verboten sein soll."

Californien log nun mit seinem nördlichen Theile weit nördlicher als 36°. Doch was kümmerte das die Sklavenbarone des Südens? Wurde doch Texas, die von Mexiko losgerissene Provinz, gleichfalls zum Sklavenstaate gemacht, trotz dem Widerspruch der Nordstaaten.

Um den Streit über Californien beizulegen, schlug Henry Clay folgenden Kompromiß vor:

1. Californien tritt als freier Staat in die Union.
2. Die Sklaverei darf auf die von Mexico erlangten Länder ausgedehnt werden.
3. Für die Gefangennahme entlaufener Sklaven ist ein strenges Gesetz zu erlassen.

Die sklavenfreundlichen Staaten des Nordens hielten sich nicht für verpflichtet, die entlaufenen Sklaven den südlichen Staaten wieder auszuliefern, und auch darüber entstand bitterer Streit. Nun sollte Punkt 2 und 3 den Süden beschwichtigen, damit dieser nichts gegen Punkt 1 unternehmen möchte. Die feindselige Spannung der Gemüther hatte jedoch eine zu große Höhe erreicht, als daß solche Kompromisse etwas helfen konnten. Die demokratische Partei, je mehr ihr die gewaltsame Politik gelang, ward um so übermüthiger und der neue Präsident Franklin Pierce (1853 bis 1857) leistete ihrem Treiben allen Vorschub.

Lincoln, nachdem er sich von seiner zweijährigen Wirksamkeit als Abgeordneter in Washington wieder in sein Privatleben zu Springfield zurückgezogen hatte, ward für die Stelle eines Präsidenten von Illinois ausersehen; er schlug diese Wahl aus, um für den großen Kampf, den er herankommen sah, freie Hand zu behalten.

Und schon das Jahr 1854 führte ihn wieder auf den

politischen Kampfplatz. A. Stephen Douglas, der frühere Genosse Lincolns, der sich wie dieser aus niederem Stande emporgearbeitet hatte, eine sehr gewandte Rede und einnehmende Persönlichkeit besaß, aber an die sittliche Höhe Lincolns nicht entfernt heranreichte, vielmehr ein eitler, aalglatter Politiker war, der es mit dem Süden hielt und es doch auch mit dem Norden nicht verderben wollte — suchte die Bestimmung des Missouri-Compromisses, nach welcher in dem Gebiete nördlich vom 36⁰ 30' die Sklaverei für immer ausgeschlossen bleiben solle, zu vernichten durch die Kansas-Nebraska-Bill. Da nämlich die beiden Gebiete Kansas und Nebraska nur von Ansiedlern des Nordens bevölkert worden waren und man voraussehen konnte, daß sie in nächster Zeit sich als freie Staaten organisiren würden, so machte Senator Douglas den Vorschlag, daß jene beiden Territorien als Sklaventerritorien zu behandeln seien, **ohne Rücksicht auf die Stimme der Bewohner selbst.** Dieser wiederum allem Gesetz Hohn sprechende Vorschlag passirte schnell beide Häuser und wurde durch die Unterzeichnung des Präsidenten Gesetz.

Obwohl Kansas eine ganz freie Bevölkerung hatte, so hinderte das den gewaltthätigen Süden keineswegs, alsbald jenen Kongreßbeschluß durchzuführen. Eine bewaffnete Bande von Sklavenbesitzern aus Missouri drang in Kansas ein, vertrieb die freien Ansiedler und erklärte das Gebiet zum Sklavenstaat. Nachdem dieß Treiben eine Zeit lang gewährt, riß dem Norden doch die Geduld, er sandte nun auch seinerseits bewaffnete Schaaren den Bedrängten zu Hilfe, welche die frechen Eindringlinge vertrieben und die alten freien Einrichtungen wieder herstellten. Erst am 29. Januar 1861 aber, als die Rebellion des Südens schon im Gange war, trat Kansas als freier Staat in die Union ein.

Lincolns unermüdliche Thätigkeit ging nun zunächst dahin, daß sich die republikanische Partei im Staate Illinois, die sich zersplittert hatte, wieder zusammenfand, und er brachte es dahin, daß diese zum ersten Mal der demokratischen Partei entgegen für die neue Legislatur 1855 einen republikanischen Senator wählte. Wie wenig es ihm selber um Befriedigung seines Ehrgeizes zu thun war, zeigte er dadurch, daß, obwohl alle anti-demokratischen Mitglieder der Legislatur für Lincoln stimmten, er die Wahl von sich ab auf Trumbull lenkte, den die demokratischen Gegner von Douglas zu ihrem Candidaten bestimmt hatten. Einige seiner Freunde weinten wie Kinder, als sie, von Lincoln selbst dazu aufgefordert, ihren Liebling aufgeben und Trumbull wählen helfen sollten.

Die neue republikanische Partei hatte sich zum Ziel gesetzt, die Macht der Bundesregierung und die Rechte der Einzelstaaten in's rechte Verhältniß zu bringen, d. h. sie wollte die Bundesregierung befähigen, im Interesse der Erhaltung der ganzen Republik das Uebergewicht der Sklavenstaaten zu beseitigen und die weitere Ausbreitung der Sklaverei zu verhindern. Auch gegen die kriegerische

Angriffspolitik, die Cuba, Mexico und Centralamerika annektiren wollte, erklärte sich die republikanische Partei. Unter dem Präsidenten Pierce war bereits ein Freischaarenzug unter Anführung Walkers nach Nicaragua in Centralamerika unternommen worden, mit der Absicht, dort ein südliches Sklavenreich zu gründen. Der Zug nahm aber ein klägliches Ende.

Im Jahr 1856 war die republikanische Partei bereits so erstarkt, daß sie für die neue Präsidentenwahl dem Candidaten der Demokraten, James Buchanan, den Oberst Fremont entgegenstellen konnte. Lincoln war bei diesem Wahlfeldzuge unermüdlich, um seiner Partei den Sieg zu verschaffen; doch der Süden hatte alle von der Regierung abhängigen Stellen mit seinen Geschöpfen besetzt, und die Furcht vor einer Sprengung der Union, womit die Sklavenstaaten drohten, brachte die Republikaner um einen großen Theil der Stimmen in den nördlichen Staaten, so daß der Demokrat Buchanan, der in Allem dem Süden zu Willen war, im Jahr 1857 den Präsidentenstuhl besteigen konnte.

Bis zu welcher Unbotmäßigkeit, Rohheit und Frechheit das Selbstgefühl der Männer des Südens ausgeartet war, zeigte sich in dem von ihnen im Jahre 1856 auf den braven Senator Sumner von New-York verübte Attentat. Sumner, zugleich Gelehrter, Schriftsteller und Staatsmann, war ein unerschrockener Vorkämpfer für die gute Sache der Freiheit und des Gesetzes; er ging voran, mit der mündlichen und schriftlichen Rede das aussprechend, was die Edelgesinnten zum Theil erkannt hatten, aber nicht laut zu sagen wagten, — daß der große Kampf bevorstehe, den Uebermuth des Südens zu brechen. Sein Prinzip, das später von Lincoln und dem ganzen Norden angenommen wurde, faßte er in dem Satze zusammen: Sklaverei ist Sektensache, Freiheit Nationalsache. In einer Rede, die er im Kongreß zu Washington gehalten, hatte er das unlautere und gesetzlose Wesen der Sklaverei auf das schärfste gegeißelt. Auf solchen Freimuth hatten die Sklavenbarone keine andere Antwort als Mord und brutale Gewalt. Als Sumner während einer Sitzungspause im Staatszimmer ruhig am Pulte schrieb, wurde er plötzlich von zwei Männern des Südens überfallen, die mit Stockschlägen so lange auf ihn einhieben, bis er in seinem Blute schwimmend auf der Erde lag. Es wurde nachher erwiesen, daß diese Ruchlosen, falls man ihnen Widerstand geleistet hätte, ihr Opfer erschossen haben würden. Es währte ganzer vier Jahre, bis der Senator Sumner im Stande war, im Senate zu erscheinen. Mit edler Todesverachtung und muthiger Folgerichtigkeit schleuderte er in seiner ersten Rede wiederum seine vernichtenden Blitze gegen das Ungeheuer der Sklaverei.

Im Jahre 1858 ging der Termin der Senatorschaft von Douglas zu Ende und es wurden Neuwahlen vorgenommen. Lincoln wurde in der Staatsconvention der Republikaner zu Springfield als der Kandidat für den Unions-Senat aufgestellt, Douglas sah der Wiederernennung von

Seiten der Demokraten entgegen. Kaum war der letztere von Washington nach Illinois zurückgekehrt, als er auch schon seine Rundreise antrat, um sich beim Volke wegen der Nebraskabill zu rechtfertigen und nebstbei den Grundsätzen Lincolns und der republikanischen Partei entgegenzuarbeiten. Lincoln redete aber so gewaltig, daß der „kleine Riese des Westens", wie man den Senator Douglas nannte, nicht vor ihm aufkommen konnte. In der am 17. Juni zu Springfield gehaltenen Rede sprach er die prophetischen Worte: „Ein Haus, das in sich selber getheilt ist, kann nicht bestehen. Ich glaube, daß diese Union nicht auf die Dauer halb als Sklaverei=, halb als freies Land möglich ist. Ich erwarte nicht, daß die Union getheilt werde, ich erwarte nicht, daß das Haus zusammenstürzen werde; aber ich erwarte, daß es aufhören werde, getheilt zu sein. Eins von beiden wird es ganz gewiß werden. Entweder müssen die Gegner der Sklaverei ihrer Verbreitung Einhalt thun und sie in eine solche Lage bringen, daß die öffentliche Meinung sich mit dem Glauben beruhigt, diese gehe ihrem endlichen Aufhören entgegen, oder ihre Vertheidiger werden sie vorwärts drängen, bis sie in allen Staaten gleich gesetzlich sein wird, in den alten wie in den neuen, im Norden wie im Süden."

Diese Worte griff Douglas an, indem er Lincoln beschuldigte, er wolle durch seine Gleichmacherei den Süden zum Kriege und Abfall zwingen. Er behauptete, daß es weder wünschenswerth noch möglich sei, Gleichförmigkeit in den Lokal=Institutionen und häuslichen Einrichtungen der verschiedenen Staaten der Union zu haben. Die Gründer der Regierung hätten niemals eine solche Gleichförmigkeit bezweckt, sie hätten wohl gewußt, daß die Gesetze und häuslichen Einrichtungen, welche für die Granithügel von New=Hampshire paßten, sich nicht für die Reispflanzungen Süd=Carolina's eigneten. „Ich glaube", sagte er, „daß mein Freund, Mister Lincoln, die großen Prinzipien, auf denen unser Staatsgebäude ruht, ganz und gar mißverstanden hat. Gleichheit in den Lokal= und Domestikalgesetzen würde nicht nur für die Staatenrechte destructiv (zerstörend) sein, sondern auch für Staatssouveränetät, für persönliche Freiheit und individuelle Selbstbestimmung. Gleichförmigkeit ist die Mutter des Despotismus in der ganzen Welt; dieß gilt nicht nur von der Politik, sondern auch von der Religion."

Mit solchen Gemeinplätzen, welche die liberale Maske vornahmen, suchte der gewandte Redner den in der That freisinnigen, liberalen und humanen Lincoln in ein schiefes Licht zu stellen. Er griff dann ferner dessen Aeußerung über die Dred=Scott=Angelegenheit an.

Der Militärarzt Emerson hatte nämlich im Jahre 1834 seinen in Missouri gebornen Sklaven Dred Scott nach Illinois mitgenommen und vier Jahre später nach dem Territorium Minnesota. Dort hatte er ihn mit einer von einem Offizier erhandelten Sklavin verheirathet und war mit diesem Ehepaar nach einiger Zeit wieder nach Missouri zurückgekehrt, wo Dred Scott, sein Weib und die inzwischen erzeugten beiden Kinder in den Besitz eines

Mister Anderson übergingen. Viele Jahre später gelangt Dred Scott zu der Kenntniß, daß ein Sklave frei sei, sobald er von seinem Eigenthümer in einen freien Staat mitgenommen werde. Dred Scott wendete sich nun an den Gerichtshof des Staates Missouri, um für sich und seine Familie die Freiheit zu erwirken. Der Urtheilsspruch gewährte ihm dieselbe, das Obergericht aber kaſſirte das Urtheil und der Prozeß ging nun vor das oberſte Bundesgericht der Vereinigten Staaten, das ganz im Sinne des Obergerichts von Missouri entschied.

Da Lincoln diese Entscheidung getadelt hatte, nahm Douglas abermals die Maske der Gesetzlichkeit vor mit der Behauptung, daß Jeder sich dem Ausspruche des oberſten Bundesgerichts zu fügen habe. Lincoln hatte gesagt, daß eine solche Entscheidung die Neger für immer davon ausschließe, Bürger der Vereinigten Staaten werden zu können, und Douglas entgegnete darauf: „Ich bin so frei, zu sagen, daß die Regierung der Vereinigten Staaten nur für weiße Menschen eingesetzt ward."

Schon am folgenden Tage beantwortete Lincoln in Chicago diese Rede seines Gegners. Nachdem er den Satz: „Ein in sich getheiltes Haus ꝛc." wiederholt hatte, fragte er:

„Was ist in diesem Paragraph enthalten, das dem Richter Douglas als eine politische Ketzerei erscheint? Ich habe weder behauptet, daß die häuslichen und Staatseinrichtungen der ganzen Union gleichzustellen seien, noch strebe ich dahin, daß der Süden den Norden mit Krieg überziehe. Ich weiß es wohl, daß diese Regierung 82 Jahre lang bestand, trotzdem, daß in der einen Hälfte des Landes die Sklaverei, in der andern die Freiheit waltete. Ich glaube aber, daß es deßhalb geschah, weil die öffentliche Meinung überzeugt war, die Sklaverei sei in eine Lage gebracht, in welcher sie ihrem endlichen Untergang entgegengehe. **Ich habe immer die Sklaverei so sehr gehaßt, wie dieß nur ein Abolitionist*) thun kann, aber ich verhielt mich ruhig, bis die neue Aera begann, die Einführung der Nebraska-Bill.**

Kein Mann glaubt fester an das Prinzip der Selbstregierung, als ich. Es ist mein Glaube, daß jedes Individuum von Natur berechtigt ist, **mit sich und der Frucht seiner Arbeit zu thun**, was ihm beliebt, vorausgesetzt, dieß verstoße nicht gegen die Rechte eines Andern; daß auch jede Commune das Recht hat, zu thun was ihr beliebt, **vorausgesetzt, dieß verstoße nicht gegen die Rechte einer andern Commune**. Ich behauptete dieß von jeher und gab als Illustration an, daß Illinois nicht das Recht habe, sich in die Heidelbeergesetze von Indiana,

---

*) Schon Benjamin Franklin, der voraussah, welches Unheil der Union mit dem Sklavenwesen drohete, stiftete einen Abolitionsverein, der die völlige Abschaffung (Abolition) der Negersklaven zum Zweck hatte.

in die Austerngesetze von Virginia oder das Branntwein=
gesetz von Maine zu mischen."

Ueber den zweiten Angriffspunkt, der sich auf Lincolns
Aeußerung gegen die Entscheidung in der Dred=Scott=
Angelegenheit bezog, wies Lincoln vortrefflich nach, wie in
der Auffassung von Douglas es deutlich ausgesprochen
werde, daß es ihm gleich sei, ob für oder gegen die Skla=
verei gestimmt werde, solche Gesinnung aber dahin führe,
den Freiheitssinn im Volke auszurotten. „Die Argu=
mente (Beweisgründe), welche man vorbringt, daß man nur
so viel Zugeständnisse der niederen Race machen solle, als
diese zu ertragen im Stande sei, sind dieselben, welche die
Despoten jedes Zeitalters vorgebracht haben, um das Volk
zu knechten. — Dieses Argument des Richters Douglas ist
dieselbe alte Schlange, welche spricht: Ihr arbeitet und
ich esse, ihr habt die Mühe und ich will die Früchte davon
genießen! Ich möchte gern wissen, wenn man einmal Aus=
nahmen von der alten Unabhängigkeitserklärung: „"Alle
Menschen sind gleich geboren,"" zulassen will, wo man
zuletzt aufhören wird? Wenn man sagt, diese Erklärung
habe keinen Bezug auf den Neger, weßhalb kann dann nicht
ein Anderer sagen, sie habe auch keinen Bezug auf den
Deutschen? Wenn jene Unabhängigkeitserklärung nicht die
Wahrheit ist, so laßt uns das Gesetzbuch nehmen und sie
herausreißen. Wer wagt es, das zu thun? Wenn sie
nicht wahr ist, reißen wir sie heraus! (Zahllose Rufe:
Nein, Nein!) So wollen wir denn fest daran halten, fest

bei ihr stehen! (Donnernder Beifall.) In einer der Ermahnungen des göttlichen Herrn heißt es: „Ihr sollt vollkommen sein, wie euer Vater im Himmel vollkommen ist!" Er stellte das als ein Muster auf, und der, welcher am meisten that, jenes Muster zu erreichen, erlangte den höchsten Grad sittlicher Vollendung. So sag' ich in Beziehung auf das Prinzip, daß alle Menschen gleich geschaffen sind: laßt uns ihm so nahe als möglich kommen. **Können wir nicht jedem Geschöpfe die Freiheit geben, so wollen wir wenigstens nichts thun, was ein anderes Wesen in Sklaverei bringt!** (Stürmischer Beifall.) So wenden wir denn diese Regierung in das Fahrwasser zurück, in welches die Gründer der Konstitution sie ursprünglich brachten: Laßt uns fest beieinander stehen. Thun wir dieß nicht, so werden wir nach jener Seite hin gedreht, wohin Richter Douglas strebt, diese Nation zu einer allgemeinen Sklavennation zu machen."

Diese Turniere wurden im August, September, bis in den Oktober hinein fortgesetzt, das Volk strömte massenhaft hinzu, die Zeitungen berichteten von den tief einschneidenden Reden Lincolns, der wider den aalglatten Douglas so mannhaft focht, und wenn auch Douglas der Stärke seiner Partei in der Staats=Legislatur[*]) es zu danken hatte, schließlich die Senatorwürde davon zu tragen, so war doch

---

[*]) Im Volke hatte Lincoln die Majorität: 126,000 Stimmen gegen 122,000 für Douglas.

der moralische Sieg unzweifelhaft auf Seiten Abraham Lincolns, der vom Volke von Illinois nicht mehr anders als „honest old Abe," und da er jetzt in sein fünfzigstes Jahr getreten war, auch wohl nur „old Abe" genannt wurde.

Jetzt ließ sich bereits voraussehen, daß Lincoln der erste und populärste Mann der Union werden mußte, wenn die Partei der Republikaner in gleichem Maße wie bisher Fortschritte machte. Und dieses geschah, und zwar durch den massenhaften Hinzutritt der Deutschen. Hier ist der Ort, es zu sagen, daß erst durch die Deutschen die republikanische Partei die rechte Stärke gewann und daß für die Erwählung Lincolns zum Präsidenten der Union die Deutschen den Ausschlag gaben.

Schon in den ersten Kämpfen gegen Douglas und die Nebraska-Bill, als man in Lincoln drang, er möge über die Fremdenfrage mit Stillschweigen hinweggehen, um die Knownothings nicht zu reizen, hatte er sich entschieden der Deutschen angenommen. Bekanntlich nannten sich „Knownothings" (die von fremder Sprache und Eigenthümlichkeit „nichts" wissen wollten) jene Stock-Amerikaner, welche eifersüchtig auf das Anwachsen der deutschen Bevölkerung, den „Fremden" erst nach 21jährigem Aufenthalt in den Vereinigten Staaten das volle Bürgerrecht gewähren wollten. Die Republikaner fürchteten, die Knownothings könnten ihnen abtrünnig werden und wollten Zugeständnisse machen. Lincoln aber wollte von solchen Zugeständnissen nichts wissen. „Wir müssen ehrlich und offen mit unserer Farbe heraus", sprach er, „und nur durch rückhaltlose Verkündigung unserer Grundsätze können wir auf Unterstützung rechnen. Die Adoptivbürger haben ein Recht, dieß zu verlangen." Er drang mit seiner Ansicht durch und die Folge war, daß namentlich die deutschen Bürger massenhaft in die Reihen der republikanischen Partei eintraten. Lincolns Vorgehen war um so weiser, als die Knownothings keineswegs sich von den Republikanern trennten.

3.

Die Präsidentschaftszeit Buchanan's ging zu Ende, die Parteien rüsteten sich zur neuen Präsidentenwahl. Der Präsident der Union wird nicht direkt durch das Volk erwählt, sondern jeder Staat ernennt gerade so viel Wähler, als er Repräsentanten in die Kammer des Kongresses schickt. Die Gesammtzahl dieser Wähler beläuft sich auf 303, davon kommen auf die 18 freien Staaten 183 Stimmen, auf die 15 Sklavenstaaten 120. Das absolute Mehr ist somit 152.

Die Wahlmänner von Illinois tagten in Decatur und auch Lincoln verfügte sich dahin. Mit großer Begeisterung ward er in der Delegatenversammlung begrüßt. Dieß war am 10. Mai 1860. Während man Lincoln bewillkommte, erschien ein alter Graukopf von Macon County, der bat, auch einen Beitrag zur Convention liefern zu dürfen. Es war Niemand anders, als der uns schon bekannte John Hanks, mit welchem Abe einst die Axt geschwungen hatte. Er trug zwei alte, verwitterte Zaunpfähle, zwischen denen eine Fahne befestigt war, und pflanzte sie in der Versammlung vor der Rednerbühne auf. Lang anhaltender Jubel erscholl, denn diese mit der Fahne geschmückten Zaunpfähle trugen folgende Aufschrift:

Abraham Lincoln,
der Pfahl=Candidat,
zum Präsidenten im Jahre 1860.

Zwei Zaunpfähle von den 3000, welche im Jahre 1830 angefertigt wurden von John Hanks und Abraham Lincoln — dessen Vater der erste Pionier von Macon County war.

Mit Begeisterung ward old Abe herbeigerufen, zu bestätigen, daß diese Fenzpfähle von ihm behauen worden seien. „Ei!" — rief er in seiner trockenen, humoristischen Weise, nachdem er die beiden Pfähle eine Zeit lang betrachtet hatte, „ich habe freilich vor etwa 30 Jahren hier ganz in der Nähe von Decatur am Sangamonflusse unser Blockhaus bauen und Zaunpfähle spalten helfen, — ob diese da von jenen sind, das will ich nicht gerade beschwören, so viel aber ist gewiß, daß ich noch nach jener Zeit viele solcher Pfähle behauen habe und noch bessere, als die da sind!" Von neuem brach der Jubel aus und wollte nicht enden; es war eine schöne Huldigung, dem schlichten, aus dem arbeitenden Volke hervorgegangenen Manne dargebracht, der jetzt im Begriff stand, zum obersten Lenker des Staates ernannt zu werden.

Er ging indessen ruhig nach Springfield zurück, um abzuwarten, was die am 16. Mai in Chicago zusammentretende große republikanische National-Convention beschließen würde. Mit Ausnahme von den beiden Carolina's, Alabama, Georgia, Mississippi, Florida und Louisiana hatten alle übrigen Staaten der Union ihre Abgeordneten geschickt; ein großes Gebäude, der „Wigwam" genannt, war eigens für die Zusammenkunft der Wähler erbaut worden. Der Zudrang des vor dem Hause versammelten Volkes war ungeheuer. Die zweite Ballotirung schwankte nur noch zwischen Seward und Lincoln. Jedes von der Plattform des Chicago-Wahlhauses verkündete Votum ward sogleich nach Springfield telegraphirt. Auf das Ergebniß des dritten Ballots war nun Alles gespannt; das Telegraphenamt in Chicago war ununterbrochen thätig und im Telegraphenbureau von Springfield natürlich großer Zudrang. Lincoln, äußerlich ganz ruhig, aber innerlich gewiß ebenso erregt wie das ganze Volk, hatte sich auf die Arbeitsstube der Redaktion des Staats-Journals zurückgezogen; da stürzte ein Knabe zu ihm hinein, den der Telegrapheninspektor sandte; er schwenkte ein Zettelchen in seiner Rechten, das er hastig dem Mister Lincoln überreichte. Dieser brauchte nicht erst lange zu lesen, denn schon drängte das Volk, glückwünschend und jubelnd, dem kleinen Burschen nach. Eine Zeit lang stand der bescheidene Mann und blickte staunend und gedankenvoll auf den kleinen Zettel, dann sagte er ruhig: „Ich habe zu Hause eine kleine Frau, die möchte das wohl hören. Ich will hingehen und ihr's sagen!"

Lincoln war nur erst Präsidentschaftscandidat, noch nicht Präsident; aber seine schließliche Ernennung war doch sehr wahrscheinlich. Mit Blitzesschnelle verbreitete sich die Kunde durch die ganze Union; sie erregte im Süden Verdruß und Zorn, im Norden Begeisterung. In großen und kleinen Städten wurden Meetings abgehalten, welche ihre Zustimmung zu der erfolgten Wahl ausdrückten; in New=York und vielen anderen Orten ertönte Kanonendonner. Die Bewohner Springfields schwelgten in Wonne; ihre „Blumenstadt" ward zum Mekka, wohin nun aus allen Gegenden die Anhänger und Freunde derjenigen Grundsätze pilgerten, welche Abraham Lincoln vertrat. Selbstverständlich hatte sich ein Comité der National=Convention von Chicago sofort nach Springfield verfügt; von Musikbanden und dem Jauchzen des Volkes begleitet, begab sich dasselbe in die Wohnung Abe's. Als die Herren an das von einem zierlichen Holzgitter umgebene Wohnhaus des Gefeierten herantraten, erblickten sie zwei hübsche Knaben, die höflich grüßend an der Gitterthür standen. Herr Evarts von New=York wendete sich an den größeren und fragte: „Sind Sie ein Sohn von Mister Lincoln?" „Ja, Sir!" war die freudige Antwort. „Dann schütteln wir einander die Hand!" fuhr Evarts fort und mehrere andere Herren folgten seinem Beispiel. Als dieß der jüngere Bruder sah, richtete er sich so hoch er konnte auf und rief mit kindlichem Selbstgefühl, das dem kleinen Burschen allerliebst zu Gesicht stand: „Ich bin auch ein Lincoln!" Lachend gab man nun auch dem kleinen, energischen Sohn seines Vaters die Hand.

Den Ernst des wichtigen Augenblicks tief in seiner Seele fühlend, ohne alles eitle Wortgepränge, beantwortete der würdige Candidat die Ansprache des Präsidenten der Convention und drückte dann allen Mitgliedern derselben herzhaft die Hand. Da stand er denn auch dem Richter Kelly gegenüber, einem der längsten Männer der Union. Abe und Kelly prüften einander mit lächelndem Blick und der erstere, so feierlich ernst ihm auch zu Muthe war, konnte doch nicht umhin, dieses unerwartete Zusammentreffen zweier Riesen sehr komisch zu finden.

„Was ist Ihre Höhe?" fragte er humoristisch mit den Augen blinzelnd.

„Sechs Fuß, zwei!" antwortete Kelly; „und die Ihrige, Mister Lincoln?"

„Sechs Fuß, vier!" erwiederte dieser schmunzelnd.

„Dann beugt sich Pennsylvanien vor Illinois!" rief Richter Kelly und fügte mit Innigkeit hinzu: „Mein theurer Mann, seit Jahren sehnt sich mein Herz nach einem Präsidenten, zu dem ich emporblicken könnte, und ich habe ihn nun endlich in einem Lande gefunden, wo wir nichts als „kleine Riesen" *) zu finden glaubten."

Der 6. November des Jahres 1860 war der Tag der endgiltigen Wahl und Abraham Lincoln blieb Sieger mit dem entschiedensten Mehr. Sein bisheriger Nebenbuhler Douglas hatte nur 12 Stimmen; Bell, der sogenannten Unionspartei angehörig, ein farbloses Mittelding zwischen Demokraten und Republikanern 39; Breckenridge, Vicepräsident unter Buchanans Präsidium 72, Lincoln aber 180.

Am 11. Februar des Jahres 1861 verließ er Springfield, um die Präsidentschaft anzutreten. Eine große Menge gab ihm das Geleit. Als er in den Waggon der Eisenbahn stieg, sprach er tiefbewegt: „Meine Freunde, ich allein kann wissen, wie sehr mich diese Trennung schmerzt. Dieser Bevölkerung verdanke ich Alles, was ich bin. Hier habe ich länger als ein Vierteljahrhundert gelebt; hier sind meine Kinder geboren, hier liegt eines derselben begraben. Wann werde ich Euch wiedersehen? Ich weiß es nicht. Es ist mir eine Aufgabe zugefallen, wie sie so groß und ausgedehnt vielleicht seit den Tagen Washingtons keinem Menschen zugefallen ist. Nie hätte er sie erfüllt, ohne die göttliche Vorsehung, an die er jederzeit glaubte. Demselben allmächtigen Gott übergebe ich mich auch und vertraue seiner Hilfe; auch hoffe ich, daß Ihr, meine Freunde, mir diese Hilfe erbeten

---

*) Anspielung auf den Demokraten Douglas.

werdet, ohne welche ich nichts bin und mit welcher allein mir der Erfolg gewiß ist! Und nun, meine Freunde, lebt wohl!"

Die ganze Fahrt bis nach Washington glich einem Triumphzuge. An allen Bahnstationen jubelten ihm Hunderte und Tausende entgegen, und wo Musikbanden zu haben waren, mußten diese aufspielen; es wurden Kanonen gelöst, die Fahnen wehten lustig von den Triumphbögen, die Beamten und Würdenträger hielten Ansprachen, die vom neuen Präsidenten mit vielem Takt beantwortet wurden. Ueber den politischen Weg, den er einzuschlagen gedachte, äußerte er sich so zurückhaltend wie möglich; er wollte die Partei des Südens auf keine Weise reizen. Auch die humoristischen Zwischenfälle fehlten nicht. Auf der Nord-Ost-Station benutzte Abe die Gelegenheit, dem Volke zu erklären, daß der Backenbart, den er sich hatte wachsen lassen, seine Existenz den Rathschlägen eines jungen Mädchens des Ortes verdankte, welche ihm solche in einem freundlichen Briefe mitgetheilt hatte. Er würde die schöne Schreiberin gern begrüßen, falls sie anwesend sei in dieser Versammlung, welche die Güte gehabt, ihn zu empfangen. Und siehe! aus dem Gedränge tritt eine junge Dame hervor, sie wird von der jubelnden Menge bis zum Präsidenten geleitet und von diesem ritterlich geküßt.

Glücklich gelangte Lincoln nach Philadelphia — denn die Männer des Südens hatten ihm auf diesem Wege nachgestellt — um dort, wie er versprochen hatte, in der Unabhängigkeitshalle die Nationalflagge auf's Neue aufzurichten. Es war eine erhebende Feier, als im Moment, da der Mann, welcher als ein neuer starker Hort der Republik erschienen war, unter Glockengeläut und Kanonendonner die Flagge hißte. Bei dieser Feier sprach er unter Anderem diese denkwürdigen Worte:

„Ich habe mich selbst oft gefragt, welches große Prinzip oder welche große Idee es wäre, die unsern Staatenverband so lange zusammengehalten hat. Es war etwas in der Unabhängigkeitserklärung, was die Freiheit nicht blos dem Volke dieses Landes, sondern der Welt die Anwartschaft auf Freiheit für alle Zeiten gab. Es war das darin ausgesprochene Versprechen, daß zur rechten Zeit die Last von den Schultern aller Menschen genommen werden und daß alle gleiche Ansprüche auf das Leben haben sollten. Nun, meine Freunde, kann unser Land auf dieser Grundlage gerettet werden? Wenn dieß möglich wäre, so will ich mich für den glücklichsten Mann der Welt halten, falls ich es retten kann. Doch wenn unser Land nur mit Verleugnung dieses Grundsatzes gerettet werden könnte, so will ich gleich erklären, daß ich lieber auf der Stelle ermordet werden möchte, als davon abzulassen."

Unerwartet (nach dem Reiseplan sollte er erst 12 Stunden später eintreffen) langte der Präsident schon früh am 23. Februar in Washington an. Man hatte ihn gewarnt, auf seiner Hut zu sein; schon auf der Toledo- und Westbahn hatte man einen Versuch gemacht, den Zug zu entgleifen, auf der Station Cincinnati war eine Handgranate im Wagen des Präsidenten entdeckt worden, in Baltimore war ein Complott zum Zwecke der Ermordung des Präsidenten angezettelt worden, — darum fuhr er denn verkleidet in einem Extrazuge und langte so zeitig und in aller Stille in der Bundeshauptstadt an.

Am 4. März 1861 fand die Feier der Einweihung statt. Durch Senator Baker ward der neue Präsident dem vor dem Kapitol versammelten Volke vorgestellt, das ihn jubelnd begrüßte. Die übliche Anrede, mit welcher der Präsident sein Amt eröffnete, war mild und versöhnlich, aber auch fest und entschieden. „Ich habe nicht die geringste Absicht," so äußerte sich Lincoln, „der Sklaverei, wo sie einmal besteht, entgegenzutreten. Ich glaube nicht, daß mir ein Eingriff in dieser Beziehung zustände." Aber zugleich wies er darauf hin, daß ein Staatsvertrag, wie derjenige, auf welchem die Vereinigten Staaten ruheten, nur durch die Zustimmung Aller, nicht aber nach der Willkür Einzelner, vernichtet werden könne. „Daher betrachte ich," sagte Lincoln, „kraft der Konstitution und Gesetze, die Union für ungetheilt und werde mich deßhalb bemühen, wie die Konstitution es mir ausdrücklich zur Pflicht macht, so gut ich kann, die Gesetze der Union treu und redlich in allen Staaten zur Ausführung zu bringen. Dieß ist meine Pflicht und ich werde sie thun, bis mein gesetzlicher Herr — das amerikanische Volk — sie nicht mehr verlangt oder das Gegentheil gebietet. Ich hoffe, daß dieß nicht als eine Drohung angesehen wird, sondern nur als die bestimmt ausgedrückte Absicht der Union, sich auf gesetzmäßige Weise zu vertheidigen und zu erhalten."

Nachdem die Rede verlesen war, legte der Präsident seinen Amtseid ab und dann begann er seine schwere Amtsthätigkeit mit Säuberung des Kabinets. Er ernannte vor Allem den diplomatisch umsichtigen, erfahrenen und treuen Seward zum Staatssekretär, Chase zum Schatzsekretär, Cameron zum Sekretär des Kriegs. Das frühere Kabinet hatte nur aus Südmännern bestanden, die sammt und sonders Betrüger, Diebe und Verräther der Union waren. Buchanan war ohne alle moralische Kraft und überdieß der Politik der Sklavenstaaten stets hold gewesen. Er hatte die Mitglieder des Kabinets schalten und walten lassen. Nicht nur, daß der Schatzsekretär (Finanzminister) Cobb, ein Sklavenhalter aus Georgia, den Schatz, welchen er in gutem Stande angetreten, völlig leer hinterließ, er hatte die sechs Millionen Dollars, welche fehlten, nur im Interesse der südstaatlichen Rebellion verbraucht, die schon längst vorbereitet war. Die Sendung von Zollgeldern, die aus dem Süden nach Washington übermacht werden sollten, hatte er geradezu verhindert. Floyd, der Kriegssekretär, hatte die Arsenale der Nordstaaten geleert und die Waffenvorräthe den Arsenalen der Südstaaten überliefert. Er widersetzte sich dem Antrag, die Besatzungen des Fort Sumter und der anderen im Süden gelegenen Forts zu verstärken. Um vor der Präsidentenwahl so viel als möglich dem Norden die

Waffen zu entziehen und dem Süden zukommen zu lassen, wurden auf eine einzige schriftliche Ordre im Jahre 1859 115,000 Gewehre nach dem Süden transportirt. Schon am 17. Dezember 1860 hatte Süd=Carolina den Reigen der Rebellion eröffnet und durch den Gouverneur erklären lassen, „daß es fest beschlossen habe, sich von der Union zu trennen, weil in der kürzlich stattgehabten Wahl des Präsidenten und Vicepräsidenten der Norden die Wahl nach solchen Prinzipien ausgeführt habe, daß es nicht länger für die Bürger von Süd=Carolina sicher sei, in der Union zu verharren." Auf einer geheimen Versammlung am 5. Januar 1860, welcher viele der Senatoren des Südens beiwohnten, wurde ausgemacht, daß jeder südliche Staat sich so schnell als möglich von der Union trennen sollte, die Senatoren und Mitglieder des Kongresses sollten aber so lange wie möglich im Senat und Kongreß zu Washington bleiben, um alle gegen die Südstaaten in Vorschlag gebrachten Maßregeln zu vereiteln. So folgten dem Beispiele Süd=Carolina's schnell nacheinander die Staaten Mississippi, Alabama, Florida, Louisiana und Texas und constituirten sich als neuer Staatenbund unter dem Namen der confö= derirten Staaten von Amerika. Zum 4. Februar 1861 ward nach Montgomery eine südliche National= versammlung berufen, am 18. d. M. eine provisorische Verfassung festgesetzt und der talentvolle Staatsmann Jefferson Davis aus Mississippi zum Präsidenten er= wählt. Bald traten noch vier Südstaaten (Virginien,

Tennessee, Georgia und Arkansas) zu der neuen Konföderation, welche nun 11 Staaten umfaßte. Die Bevölkerung dieses Südbundes war dem Norden gegenüber freilich sehr gering: 5 $\frac{1}{2}$ Millionen Weiße und 3 $\frac{1}{2}$ Millionen Sklaven, während die 23 Nordstaaten 22 $\frac{1}{2}$ Millionen Weiße und $\frac{1}{2}$ Million Sklaven zählten. Wegen dieser geringen Ziffer hielt der Norden einen Krieg mit dem Süden für nicht sehr gefährlich und hatte sich in Unterschätzung des Gegners allzusehr der Ruhe überlassen. Bald sollte er aus seiner stolzen Sicherheit aufgerüttelt werden.

Zunächst wollte man die vereinzelten Forts überrumpeln. Im Fort Sumter am Hafen von Charleston kommandirte der wackere Major Anderson seine geringe Besatzung von 70 Mann; er hielt sich tapfer gegen den General Beauregard, der ihn mit Uebermacht angriff, es fehlte ihm aber an Munition. Das Dampfschiff Star of the West sollte ihm Verstärkung bringen; es fuhr am 9. Januar 1861 im Hafen von Charleston ein, ward aber alsbald mit einem Kugelhagel von den feindlichen Batterien überschüttet und kehrte mit dem zerschossenen Sternenbanner nach New-York zurück. Am 13. April mußte sich Fort Sumter ergeben.

Nun ging ein Schrei der Entrüstung durch die Nordstaaten. Lincolns Ruf zu den Waffen fand williges Gehör; der Präsident hatte 75,000 Mann ausgeschrieben; doch bis die einzelnen Bataillone gerüstet und vereinigt waren, bedurfte es mehrerer Wochen und schon sprachen die Konföderirten davon, nach Washington zu marschiren, wo man nicht mehr als 600 Mann zur Vertheidigung hatte. Es fehlte den Nordstaaten an Allem, an kriegsgeübter Mannschaft, an tüchtigen Offizieren (welche der Süden in reichstem Maße besaß), an Kriegsmaterial. Ganz besonders fehlte es dem Norden an Artillerie und Kavallerie. Dazu kam, daß Jefferson Davis, der als General den mexikanischen Feldzug mitgemacht hatte, großes Organisationstalent besaß, während Abraham Lincoln vom Kriegswesen nichts verstand und sich auf seine Generale verlassen mußte. So mußte wohl kommen, was nun geschah.

Kampflustig war die erste Unionsarmee nach Virginia eingerückt, aber von strenger Disciplin und durchgreifender Militärorganisation wollten die guten Yankees nicht viel wissen, in der Meinung, daß ihre Begeisterung für eine gute und gerechte Sache auch den Sieg herbeiführen werde. Am Flüßchen Bull's Run, das steile, bewaldete Ränder hat, trafen sie den Feind, der seine Stellung vortrefflich gewählt hatte. Präsident Davis kommandirte selbst, unter ihm Johnston und Beauregard. Der Unionsgeneral M'Dowell griff muthig an, erlitt jedoch eine vollständige Niederlage. Und auf dem Rückzuge ward sein Heer von einem solchen Schrecken erfaßt, daß es sich in wilder Flucht auflöste und einzelne ungeordnete Haufen nach Washington stürzten (19. Juli 1861). Nur die Brigade Blenker, die aus Deutschen bestand, zog sich geordnet über den Potomac zurück.

Diese erste Niederlage war ein harter Schlag und zu=

gleich eine heilsame Lehre für den Norden, der nun erst die Unzulänglichkeit seiner Rüstungen klar erkannte. Lincoln rief 500,000 Mann Freiwillige zu den Waffen; begeistert ward dem Rufe des Präsidenten entsprochen. General M'Clellan erhielt den Oberbefehl und stellte sich nun die Aufgabe, die sämmtlichen Häfen der Südstaaten zu blokiren, dann sich des Mississippi und der übrigen Ströme des Westens zu bemächtigen, endlich Richmond zu nehmen, nach welcher Stadt die Conföderirten den Sitz ihrer Regierung verlegt hatten. M'Clellan begann die Organisation der Heereskörper mit ruhiger Strenge und Festigkeit und erwarb sich dadurch ein großes Verdienst um die Union; aber seinen kühn vordringenden, rasch entschlossenen Gegnern gegenüber zeigte er sich dann zu langsam und bedächtig.

Inzwischen mehrten sich die Schwierigkeiten, mit denen Lincoln zu kämpfen hatte, von Tage zu Tage. Die von ihm vorgeschlagenen Finanzmaßregeln fanden im Senat eine starke Opposition, und bald nachher drohete ein Zerwürfniß mit den europäischen Mächten England und Frankreich. Er mußte sich zu dem schweren Opfer verstehen, für jetzt allen Nationalstolz niederzuhalten und jenen Mächten lieber nachzugeben, als ihnen einen Vorwand zum Beginn von Feindseligkeiten zu geben, denen für den Augenblick die Union nicht gewachsen war.

England wie Frankreich, auf die wachsende Macht der Vereinigten Staaten eifersüchtig, bestärkten die Südstaaten in ihrem Abfall, und diese hatten in Folge einer geheimen

Verabredung zwei Kommissäre, die Herren Mason und Slidell, mit entsprechenden Vollmachten versehen, auf dem englischen Postpaketdampfer Trent abgesandt, um in Europa eine Neutralitätserklärung in Betreff der Blokade zu erwirken. Kapitän Wilkes, der Befehlshaber des Unions-Kriegsschiffes „San Jazinto" war von der Reise der beiden Kommissäre unterrichtet worden, machte auf den Postdampfer Jagd und nahm die gesuchten Passagiere (die sich in Damenkleider gesteckt hatten) gefangen. Die englische Regierung erblickte in diesem Gewaltakte eine Neutralitätsverletzung und forderte Genugthuung. Abraham Lincoln gab diese und ließ sich von dem Geschrei der Heißsporne nicht irre machen. Er erklärte die Handlungsweise des Kapitän Wilkes für eigenmächtig und lieferte die beiden Gefangenen aus. Mit derselben weisen Mäßigung ließ er vorläufig den Kaiser Napoleon gewähren, der ein Kaiserthum Mexiko unter dem österreichischen Erzherzog Maximilian aufrichtete, in der Ueberzeugung, es sei besser, bis zu späterer, günstiger Zeit die Sache zu vertagen, als auf einmal alle Schwierigkeiten beseitigen zu wollen.

Nachdem man Tag und Nacht die Rüstungen fortgesetzt hatte und zwar mit gleichem Eifer im Norden wie in Süden, ward im folgenden Jahre (1862) auch der Kampf mit steigender Erbitterung fortgesetzt, ohne nach der einen oder andern Seite hin eine Entscheidung zu bringen. M'Clellan hatte vom Präsidenten, als dem obersten Kriegsherrn, wiederholt die Mahnung zum Vorrücken erhalten, sich jedoch stets über die noch immer mangelhafte Organisation der Bundestruppen beklagt; erst im März entschloß er sich zum Vorgehen, als bereits der kluge und in seinen strategischen Bewegungen höchst gewandte General Lee seinen Vortheil wahrgenommen hatte. Der Feldzug gegen Richmond (im März) mißglückte. Besser gelang in diesem Monat der Kampf zu Wasser. Im Februar war eine Unionsflottille gegen die Häfen am Golf von Mexiko, namentlich gegen New-Orleans, entsendet worden. An dem Besitz von New-Orleans, dem größten Handelsplatz und Geldmarkt des Südens, war viel gelegen. Doch ehe sie in den Mississippi eindringen konnte, sollte sie erst einen harten Strauß bestehen. Es war am 9. März. Die Unionsflotte hatte zunächst Charleston und die übrigen Seestädte der Südstaaten blokirt. Zwei Fregatten, drei Dampfer und eine Escadre kleiner Fahrzeuge befanden sich zum Schutze von Monroe unfern dieser Bundesfeste auf der Rhede von den Hampton-Roads.

Plötzlich ertönt ein Allarmschuß von der Wache des Cumberland und man sieht die Flotille der Rebellen nahen, in ihrer Mitte ein seltsames Fahrzeug mit schrägem Dach und langem stählernem Widder. Das schwarze Ungethüm hält seinen Schiffsraum ganz unter dem Wasser; still und unheimlich bewegt es sich schnell genug vorwärts und steuert gerade auf die schöne, stolze Fregatte ‚Cumberland' zu. Diese feuert ihre ganze Breitseite auf den Angreifer ab; die Kanonenkugeln prallen aber von dessen eisernen Wänden ab

wie Erbsen, die man auf eine Steinplatte wirft. In vollem
Lauf rennt der Merrimac — so heißt das neue Widder=
schiff — auf die Fregatte und bringt ihr mit seinem Spieß
eine furchtbare Wunde bei. Gleich einem Widder, der zum
zweiten Mal ausholt, weicht der Merrimac eine Strecke
zurück und stößt dann wieder auf die Fregatte, die abermals
ein weites, tiefes Loch erhält. Der erste gewaltige Schuß,
den der Merrimac auf das Holzschiff abgefeuert hat, fegt
sechs Matrosen vom Deck, der zweite zersplittert den Haupt=
mast. Die Fregatte sinkt, die Mannschaft muß sich ergeben.
Nun segelt der Merrimac auf den ‚Congreß' los; die Mann=
schaft ergibt sich. Dasselbe Schicksal erfährt darauf die
Fregatte ‚Minnesota'. Dem Rest der Flotte drohet völlige
Vernichtung. Da erscheint als Retter in der Noth ein von
dem genialen Ericson aus Schweden erbautes Eisenschiff,
das noch mehr wasserpaß ist, kleiner als der Merrimac,
mit flachem Boden und spitzen Enden. Nur ein um sich
selbst sich drehender Thurm mit zwei schweren Geschützen,
welche Kugeln von zwei Centnern schleudern, ragt über die
Wasserfläche empor. Ein Schuß auf den Merrimac er=
schüttert diesen bis zum untersten Kiel. Die Ungethüme
fahren auf einander; der Monitor aber — so heißt das
eiserne Schiff der Union — ist unverwundbar und setzt
seinem Gegner so zu, daß dieser das Weite suchen muß. Die
Unionsflotte ist gerettet.

Einige Wochen nach dem Duell dieser Eisenschiffe —
deren Erscheinen eine neue Aera im Seekriege eröffnete —

mußte sich New-Orleans den Unionstruppen ergeben. Am Charfreitag begann die furchtbare Beschießung, die mehrere Tage dauerte, während gleichzeitig ein Angriff der Landungstruppen unter Butler vorbereitet ward.

Dem General Fremont war die Aufgabe geworden, in West-Virginia zu operiren, dem General Sherman in Süd-, Burnside in Nord-Carolina. Des letzteren Feldzug gelang; auch bei Winchester ward ein Sieg erfochten. Dann aber erlitten die Unionisten im Shenandoah-Thale eine furchtbare Niederlage und in den Sumpfgegenden des Chickahominy-Flusses, wo M'Clellans Heersäule Stellung genommen hatte und nun in aller Eile den Rückzug antreten mußte, erlitt auch dessen Heer eine blutige Schlappe nach der andern. Der Regierung zu Washington blieb nun keine andere Wahl, als alle in der Nähe befindlichen Truppen in und um Washington zusammenzuziehen. Im September bestand M'Clellan abermals den Kampf mit dem unter den Generalen Lee und Jackson über den Potomacfluß in Maryland vorgedrungenen Heere der Conföderirten. Diese Schlacht bei Sharpsburg (16. September 1862) war eine der blutigsten des schrecklichen Krieges; sie währte 14 Stunden; die Unionstruppen verloren 14,000 Mann, die Conföderirten 12,000 Mann, ohne daß eine Entscheidung erfolgt wäre. Zwar zog sich Lee über den Potomac zurück, aber M'Clellan verfolgte ihn nicht, sondern begnügte sich damit, die Grenze von Maryland gegen neue Einfälle zu decken. Die Washingtoner Regierung sandte ihm gemessene Befehle, den Potomac zu überschreiten und die Offensive zu ergreifen; widerwillig gehorchte der General, verschob jedoch abermals den Angriff, weil er noch zu sehr geschwächt sei, und diese vierzig Tage der Unthätigkeit ihres Gegners benutzten die Feinde vortrefflich zu ihrer Stärkung. Nun gab Präsident Lincoln der allgemeinen Erbitterung über Clellans schwankende und zaudernde Kriegführung nach und entzog ihm den Oberbefehl über die Potomac-Armee, den nun General Burnside erhielt. Dieser schickte sich an, bei Fredericksburg den Fluß Rappahannok zu überschreiten, um durch rasches Vorgehen auf Richmond seinen Gegner Lee zum Rückzug zu zwingen. Lee hatte jedoch auf den Höhen von Fredericksburg eine sehr gut gewählte Stellung genommen, und als Burnside dennoch den Angriff wagte, ward er mit einem Verlust von 13,000 Mann geschlagen und mußte sich wieder über den Rappahannok zurückziehen.

Gegen solche Niederlagen wollten die Erfolge, welche General Grant auf dem westlichen Kriegsschauplatze errang und General Rosenkranz am mittleren Teneffee durch den Sieg bei Murfreesborough (30. Dezember) nicht viel besagen; hatte doch auch der letztere Sieg mit einem Verlust von 11,500 Mann erkauft werden müssen!

Lincoln aber ließ sich im festen Gange, den er sich in seiner Politik vorgezeichnet, weder durch Siege noch durch Niederlagen irre machen, obwohl ihn die ungeheuren Opfer an Menschenleben, welche dieser Bürgerkrieg forderte, tief

in der Seele schmerzten. In schweren Stunden wandte er
sich im Gebet nach oben und holte sich von dort her neue
Zuversicht. Ein theures Glied seiner Familie, sein hoff=
nungsvoller zwölfjähriger Sohn William, war ihm auch
durch den Tod entrissen worden, und als er eines Tages
in seinem Shakespeare gelesen, trat er mit dem Buche in
der Hand zum Oberst Le Grand B. Cannon, der mit ihm
arbeitete und wiederholte die soeben gelesene Stelle (aus
„König Johann") mit tiefer Rührung und kummervollem
Blicke:

„Und, Vater Kardinal, ich hört' Euch sagen,
Daß wir im Jenseits wiederfinden, was wir liebten,
Ist's wahr, dann seh' ich meinen Knaben wieder! —"

Und mit zitternder Stimme, während seine Lippen kaum
merklich zuckten, setzte er hinzu, auf den Gefährten blickend:
„Oberst, träumten Sie je von einem verlornen Freunde,
waren Sie sich bewußt, süße Zwiesprache mit ihm zu halten,
und durchdrang Sie doch wieder zugleich die trübe Gewiß=
heit, daß Alles nur ein Traum sei? — So träume ich
von meinem Knaben Willie!" — Und die Thränen rannen
dem starken Manne über das hagere, kummervolle Gesicht.

In trüber, niedergedrückter Stimmung mußte Lincoln
das Jahr 1862 beschließen. Nicht nur waren alle Hoff=
nungen auf baldige Niederwerfung der Rebellion vernichtet
worden, auch das Parteigetriebe und die fortwährende Oppo=
sition innerhalb der Nordstaaten bereitete dem Präsidenten
viele Noth und Kümmerniß. Drei tonangebende Staaten,

New-York, Ohio und Pennsylvanien hatten im Herbst 1862 ihre Abgeordneten für Washington in regierungsfeindlichem Sinne gewählt, die Demokraten aber hatten sich in zwei Parteien gespalten, in die Kriegs- und Friedensdemokraten, welche letztere der Volkswitz „Kupferköpfe" (copperheads) nannte. Diese copperheads, welche nach guter Spießbürger Art den Frieden um jeden Preis wollten, schworen bei jeder energischen Maßregel Lincolns, daß er seine Befugnisse überschreite und sich Alleinherrschaft anmaße; die Kriegsdemokraten und ein Theil der Republikaner schoben auf den Präsidenten und dessen Kriegssekretär alle Schuld, wenn die Feldherren schlecht operirten oder geschlagen wurden. Lincoln, zum Aeußersten entschlossen, um die Union zu retten, hatte in seiner Proklamation vom 22. September 1862 den conföderirten Staaten angekündigt, daß er ihnen eine hunderttägige Frist zur Rückkehr in die Union bewilligen wolle; falls aber diese unbenutzt bleibe, werde er am 1. Januar 1863 die Befreiung sämmtlicher Sklaven in den conföderirten Staaten verfügen. Und wenige Tage nachher hatte er die Habeas Corpus-Akte aufgehoben, um den Umtrieben der Abtrünnigen bei den Demokraten des Nordens ein Ende zu machen.*)

---

*) Nach der sogenannten Habeas Corpus-Akte darf kein Bürger anders als durch einen gesetzlichen Befehl des Richters verhaftet werden. Dieser gerichtliche Vorgang erfordert aber Zeit, während der in aufgeregten Zeiten sich Mancher der Verhaftung entziehen kann, der gegen die Regierung agirt.

Solche durchgreifende Maßregeln mochten wohl manchem amerikanischen Freiheitsmann wie Despotismus erscheinen und doch waren sie im Drange der Verhältnisse geboten, wenn durch zügellose Freiheit die Freiheit selber nicht zu Grunde gehen sollte.

So erließ denn Lincoln am Neujahrstage 1863, wie er es bereits den Südstaaten im verwichenen Herbst angekündigt hatte, den Beschluß, daß alle im Feindeslande befindlichen Sklaven fortan frei sein sollten. Jenen Sklavenstaaten, die auf Seite des Nordens standen — Missouri, Kentucky, Maryland — wurde die Botmäßigkeit über die Sklaven gelassen, weil der Präsident seine Proklamation als eine rein kriegerische Maßregel betrachtet wissen wollte, derselbe aber auch voraussah, daß genannte Staaten freiwillig zur Sklavenemancipation sich entschließen würden.

Um die Geldmittel zur Fortsetzung des Krieges zu schaffen, ward der Finanzminister vom Congreß zu einer 6=prozentigen Anleihe von 900 Millionen Dollars ermächtigt, ferner zur Ausgabe von 400 Millionen verzinslicher Schatzscheine und zur Vermehrung des Papiergeldes. Auch ward dem Präsidenten das Recht eingeräumt, für den Land= und Seedienst der Union Neger anzuwerben — eine Maßregel, die um so wichtiger war, als man die durch Schlachten und Krankheiten eingebüßten Truppen auf 175,000 Mann, und den durch Desertionen erlittenen Verlust auf 125,000 Mann (im Ganzen also 300,000 Mann Verlust) schätzen mußte. Dazu kam, daß mit dem Monat Juni des Jahres 1863 die Dienstzeit von 130 Regimentern zu Ende ging, und da der erste Enthusiasmus vorüber war, nicht zu erwarten stand, daß sich dieselben zu einer nochmaligen Anwerbung würden bereit finden lassen. Die weißen Soldaten hatten freilich einen Widerwillen gegen die ihnen aufgedrungene Waffenbrüderschaft der Schwarzen, und Ende des Jahres 1863 zählte die Union nur 35,000 bewaffnete Neger; doch am Ende des Jahres 1865 schon über 100,000, weil die Anwerbung der Weißen immer schwieriger wurde.

Beides, die Verkündigung der Sklaven=Emancipation wie das Gesetz der Negerbewaffnung erregte bei den Conföderirten die tiefste Erbitterung. Gewiß wäre es vom Standpunkte einer weisen Staatskunst und selbst vom Standpunkte der Humanität rathsamer gewesen, die halb thierische, durch die Sklaverei tief herabgedrückte Negerrace erst durch allmählige Uebergänge für die Freiheit vorzubereiten, als so plötzlich die rohe Naturkraft dieser Menschen zu entfesseln. Aber Lincoln war ja gerade durch den Uebermuth und Starrsinn des Südens an einer ruhigen Entwickelung seiner Staatskunst gehindert, er war durch den Bürgerkrieg zu dieser gewaltsamen Maßregel gezwungen worden. War die Sklaverei eine der Hauptursachen gewesen, weßhalb die Südstaaten den Krieg begonnen hatten, so ward fortan die Aufhebung der Sklaverei das Hauptziel des Krieges für die Anhänger der Union.

Zunächst freilich erfüllten sich die von Lincoln und

seinen Freunden an die Negerbefreiung geknüpften Hoffnungen nur zum geringen Theile. Denn das Ansehen der Sklavenbesitzer war zu tief gewurzelt, und zum Ruhme der Mehrzahl derselben sei es gesagt, sie waren ihren Sklaven durchaus nicht so grausame Herren gewesen, daß diese nun plötzlich gegen ihre Herrschaft sich hätten erheben sollen. Auch wurden viele Sklaven von der Grenze tiefer in's Innere der conföderirten Staaten geschickt, wo sie von Lincolns Proklamation gar nichts erfuhren.

Die Generale des Südens kämpften auch im Jahre 1863 mit vielem Glück und Geschick; der Kampf wurde noch hartnäckiger und blutiger, da die Schlachten sich auf mehrere Tage ausdehnten und meist mit der Erschöpfung beider Theile endeten. General Burnside hatte den Oberbefehl über die Potomac-Armee an Hooker abtreten müssen; dieser gedachte abermals Lee's Stellung bei Fredericksburg zu umgehen und ward abermals bei dem Gehöfte Chancellorsville, westlich vom Schauplatz der vorjährigen Schlacht, geschlagen. Die Schlacht dauerte vom 2 bis 4. Mai, und in dem neuntägigen Feldzuge hatte General Hooker nicht weniger als 17,000 Mann und 120 Geschütze verloren. Doch sein Nachfolger im Kommando, General Meade, wetzte die Scharte in der dreitägigen Schlacht von Gettysburg (1 bis 3. Juli) wieder aus, freilich mit schwerem Verlust; die Unionisten verloren 23,000 Mann, die Conföderirten 28,000! Gleichzeitig mit dem bei Gettysburg erfochtenen Siege liefen vom Westen des Kriegsschauplatzes erfreuliche Nachrichten ein: **Vicksburg** und **Port Hudson** waren nach hartnäckiger Gegenwehr erstürmt worden, jenes vom General Grant, dieses vom General Banks. Und mit der Schlacht bei **Chattanooga** (23 bis 26. September), welche Hooker gewann, schloß das Jahr 1863 doch günstig für den Norden, der nun den Staat Tennessee und das ganze Mississippigebiet in seine Gewalt bekommen und die Blokade der feindlichen Seehäfen überall durchgesetzt hatte.

Als im Dezember d. J. der Friedhof von Gettysburg eingeweihet wurde, ließ sich's der Präsident nicht nehmen, mit seinem Kabinet der Feier beizuwohnen. Eine ansehnliche Militärmacht und eine zahllose Menschenmenge hatte sich ernst und trauernd um die frischen Gräber versammelt, der ehrwürdige Edw. Everett weihte den Grund ein in eindringlicher, frommer Rede, dann erhob Abraham Lincoln seine klare, weithin tönende Stimme und sprach folgende denkwürdige Worte: „Siebenundachtzig Jahre sind verflossen, da gründeten unsere Väter auf diesem Festlande eine neue, zu Freiheit und Gleichheit geschaffene Nation. Wir führen jetzt einen großen Bürgerkrieg, der Welt zu zeigen, daß dieses und jedes nach solchen Grundsätzen in's Dasein gerufene Volk dauernde Lebensfähigkeit habe. Wir stehen hier auf einem großen Schlachtfelde des schrecklichen Krieges und sind gekommen, einen Theil desselben als letztes Asyl derer zu weihen, die hier ihr Leben opferten, damit die Nation am Leben bleibe. Pflicht und Pietät gebieten es uns. Doch in tieferer Bedeutung vermögen wir diese Stätte weder zu weihen noch zu heiligen. Sie ist bereits geweiht von jenen Tapferen, die — lebend oder todt — hier gekämpft haben, und es steht nicht in unserer Macht, diese Weihe zu vermehren oder zu vermindern. Vielmehr ist es an uns, den Lebenden, hier eine Weihe zu empfangen zur Vollendung des Werkes, das jene so heldenmüthig gefördert haben — wir sollten jene Einsegnung empfangen, auf daß wir im Hinblick auf die Gräber unserer verehrten Todten unsere Begeisterung mehren für die Sache, welcher sie zum Opfer gefallen sind, daß wir es aus Herzensgrund bekennen, unsere Todten seien nicht vergeblich gestorben und die Nation werde, will's Gott, die Geburt der Freiheit von Neuem erleben, und die Regierung des Volkes durch das Volk und für das Volk werde nimmer von der Erde verschwinden."

Im Dezember des Jahres 1863 erließ Lincoln, um nichts zu versäumen, was möglicher Weise die Südstaaten beruhigen könnte, eine Proklamation, welche den Rebellen eine allgemeine Amnestie verhieß, falls sie sich bereit erklären würden, die Waffen zu strecken. Wie zu erwarten stand, ward solche Zumuthung mit Hohn zurückgewiesen.

So ward denn das Jahr 1864 mit neuen Kämpfen begonnen, und daß die leitenden Persönlichkeiten des Südens die höchste Energie entwickelten, um ihrer Sache den Sieg zu verschaffen, muß zu ihrem Ruhm anerkannt werden. Aber diese Energie ging allmählig in wilden Terrorismus über und nur das Schreckensregiment hielt noch die conföderirten Staaten zusammen. Schon machte sich der Mangel an Kriegsmannschaft fühlbar, und um die Lücken zu füllen, führte man die Conscription für alle Altersklassen von 18 bis 50 Jahren durch, zwang die Regimenter, die ihre Zeit abgedient hatten, weiter zu dienen, und diese Maßregel bewirkte, daß die Zahl der Ausreißer mit jeder Woche sich mehrte. Auch die Geldquellen drohten zu versiegen.

Für den Norden hingegen trat dadurch eine entscheidende Wendung zum Besseren ein, daß die Regierung nicht mehr die Operationen wie bisher zu zersplittern Willens war, und den Oberbefehl in die Hände des ausgezeichneten Generals Ulysses Grant legte, der am 9. März von Lincoln die Bestallung als Generallieutenant der Armee der Vereinigten Staaten erhielt. Nun gewann Alles an Einheit und Plan. Grant zog die Truppen auf den entscheidenden Punkten zusammen und setzte seinen kühn entworfenen Plan mit bewundernswerther Ausdauer in's Werk: die Ueberwältigung der Armee des Generals Lee und die Einnahme von Richmond durch die Potomacarmee in Verbindung mit einer neu gebildeten, die sich unter General Sherman bei Chattanooga sammeln sollte; Durchbruch des feindlichen Centrums durch das Vordringen der Unionsheere von Georgien in die bisher vom Krieg verschont gebliebenen Staaten am Golf von Mexiko, Zerstörung der Eisenbahnen und militärischen Etablissements. Indem so der Feind in die Mitte genommen und zerdrückt wurde, schnitt man ihm zugleich alle Zufuhr ab und entzog ihm die Mittel des Krieges.

Entschlossen überschritt Grant mit der Potomac-Armee den Rapidan, rückte trotz der heftigsten Angriffe des Feindes vor, bis Lee, der sein großes Feldherrntalent abermals bewährte, in einer dicht bewachsenen Wildniß, wo mit Artillerie und Kavallerie nichts ausgerichtet werden konnte, ihn zur Schlacht zwang. Die Flintenkugeln fielen wie Hagel in die Reihen beider Gegner, Tausende wurden auf beiden Seiten hingeopfert, ohne daß die Schlacht eine Entscheidung herbeiführte. Grant verlor 25,000 Mann, Lee 18,000 Mann! Vom 5 bis 12. Mai war fast ununterbrochen gekämpft worden. Um seine Verluste zu decken, zog Grant die Besatzungen der nördlich vom Potomac gelegenen Plätze an sich und ging schon am 18. Mai wieder zum Angriff über. Nach harten Kämpfen zwang er die Conföderirten durch Umgehung ihres rechten Flügels, ihre Stellung bei Spotsylvania aufzugeben, und durch einen zweiten Flankenmarsch, ihre befestigte Stellung zwischen North- und South-Anna zu verlassen. Unter endlosen, hartnäckigen Gefechten gelangte er bis vor Petersburg, im Süden von Richmond, der Rebellenhauptstadt, hier hatte sich aber Lee so stark verschanzt, daß er nutzlos das Blut seiner Krieger opferte und am 18. Juni mit großem Verlust zurückgeschlagen ward. Dadurch ermuthigt, wagte Lee noch einmal die Offensive, ließ 25,000 Mann durch das Shenandoahthal in Maryland einrücken und drang nach Washington vor. Die

Reiter des Corps von Breckenridge wagten sich bis an den Fuß der benachbarten Festungen und Lincoln sah von seinem Landhause die Wohnung eines Freundes in Flammen aufgehen. Es war das letzte Aufflackern des südstaatlichen Kriegsglückes. Grant sandte einen Theil seiner Truppen an den Potomac und als noch überdieß General Sheridan sich mit einem Heer von 30,000 Mann bei Winchester aufstellte, mußten die Conföderirten Maryland räumen.

Die zweite Hauptaufgabe, welche sich Grant gestellt hatte, war, wie oben erwähnt, in das Innere Georgiens vorzudringen, und die seit dem Beginn des Krieges errichteten Fabriken und Militär-Etablissements zu zerstören. Sie ward vom General Sherman glänzend gelöst. Er trieb Johnston von den Kenesawbergen herab, drang siegreich bis Atlanta vor, dem Knotenpunkt der Eisenbahnen, der mit besonderer Sorgfalt durch starke Forts geschützt war. Die Regierung von Richmond übertrug an Johnstons Stelle dem unternehmenden General Hood das Kommando, der mit Sherman wacker um den Besitz der Eisenbahnen kämpfte. Sherman hatte sich bald überzeugt, daß ein direkter Angriff auf die Befestigungen von Atlanta von zweifelhaftem Erfolg sein würde; so griff er mit richtigem Takt zum anderen Mittel, er zerstörte die Eisenbahnen (nach Montgomery und Macon führend), die südlich von Atlanta sich vereinigen, und sobald Hood dieß erfuhr, räumte er (am 1. September) Atlanta, sprengte sämmtliche Pulvermagazine in die Luft, ließ die noch vorhandenen 83 Eisenbahnwaggons mit Munition beladen und anzünden, die Lokomotiven aber dadurch zerstören, daß man sie mit voller Dampfkraft gegen einander trieb.

Mit dem Fall von Atlanta war die Rebellion im ganzen Westen zu Boden geworfen. Hood umging nun in weitem Bogen Atlanta und warf sich in den Rücken Shermans, der dem General Thomas einen Theil seiner Truppenmacht überließ, um den Feind aufzuhalten und zu täuschen, mit seinem Hauptheere aber (60,000 Mann), das er der leichteren Verpflegung wegen in zwei Säulen getheilt hatte, plötzlich in die Berge Nord=Georgias abbog und jenen außerordentlich kühnen Streifzug durch feindliche Gebiete und eine wilde Natur mit größter Schnelligkeit ausführte, der ihm ein ehrenvolles Gedächtniß in der Kriegsgeschichte aller Zeiten sichert. Er zerstörte hinter sich alle Eisenbahnen, leitete das Heer so geheimnißvoll, daß nichts über dessen Bewegungen verlautete, und während man in der Union voll ängstlicher Spannung hin= und herrieth, was aus Sherman und seinen Tapferen geworden sein möchte, erschien er wie durch ein Wunder im Dezember vor Savannah (an der atlantischen Küste), eroberte die Stadt und vertrieb den General Harden, der sich auf Charleston zurückzog.

Indem Generallieutenant Grant durch die Belagerung von Petersburg und die Besetzung des ganzen Terrains die Verbindung Richmonds und des Rebellenheeres mit dem Süden abschnitt, unterband er recht eigentlich die Schlag=

adern des feindlichen Landes, dessen Kopf Richmond, dessen Herz Atlanta war.

Nicht minder wichtig jedoch als diese Feldzüge war die Wiedererwählung Lincolns (am 8. November 1864) zum Präsidenten der Vereinigten Staaten. Der Kandidat der demokratischen Partei war M'Clellan. Wäre dieser Präsident geworden, so würde in kurzer Zeit den Südstaaten ein sehr billiger Friede gewährt worden sein und die alte Wirthschaft hätte auf's Neue begonnen. Die Republikaner hielten aber gut zusammen und honest old Abe wurde mit einer Majorität von 400,000 Stimmen auf neue vier Jahre zum obersten Lenker der Union erwählt.

Diese Wiederwahl Lincolns war für den Süden ein Schlag, der noch furchtbarer war als einige verlorene Schlachten; sie bedeutete kräftige Fortsetzung des Krieges, unbedingte Unterwerfung des Südens, Aufhebung aller Sklaverei; sie bedeutete aber auch kräftige Aufrechthaltung von Gesetz und Ordnung durch alle Staaten der Union. In seiner Rede, die er beim Antritt seiner zweiten Amtsperiode hielt, sagte er am Schluß: „Mit Haß gegen Niemand, mit Nachsicht gegen Alle, mit unerschütterlichem Glauben an das Recht, wie Gott es uns erkennen läßt, laßt uns vorwärts streben, das Werk zu vollenden, das wir begonnen haben. Laßt uns bemüht sein, die Wunden der Nation zu heilen, laßt uns für Jene sorgen, welche des Kampfes Hitze ertragen, für ihre Wittwen und Waisen; laßt uns Alles versuchen, was einen gerechten, dauernden Frieden unter uns selbst und mit allen Nationen sichern kann!"

Den Südmännern sank nun der Muth. Es war vorauszusehen, daß nach dem Fall Savannah's auch Charleston nicht lange mehr zu halten sei, daß die siegreichen Heere der Union bald zusammenrücken und Lee's geringe Streitkräfte erdrücken würden. Doch erhob Jefferson Davis mit seinen Getreuen noch trotzig genug das Haupt, als er im Januar 1865 erklärte, daß er geneigt sei, Unterhandlungen zwischen „beiden Ländern" anzuknüpfen, worauf ihn Lincoln bedeuten ließ, daß es sich nur um die Vereinbarung des Volkes im gemeinsamen Vaterlande handeln und von einer Unabhängigkeit der Südstaaten gar keine Rede sein könne. Er verlangte vor Allem Rückkehr in die Union und Unterwerfung unter ihre Gesetze.

Der Krieg mußte also fortgesetzt werden, und in dem Kriegsrathe, der unter Lincolns Vorsitz stattfand, ward festgesetzt, daß Sherman von Savannah aus nach Süd-Carolina vordringen, Charleston durch Abschneiden aller Hilfsmittel zur Uebergabe nöthigen, dann Nord-Carolina durchziehen und sich mit Grants Streitmacht vereinigen solle, um mit Uebermacht das Heer Lee's zu vernichten. Dieser Plan ward ausgeführt; Lee zog alle vorhandenen Truppenkräfte an sich; Columbia, Charleston, Georgetown, Kingston und andere wichtige Plätze in beiden Carolina's wurden eiligst geräumt. Lee, in immer engere Kreise eingeschlossen, setzte den Widerstand nur noch fort in der Hoffnung, unter den Waffen leichtere Friedensbedingungen und eine vollständigere Amnestie zu erhalten. Grant mit der Potomac=Armee, der nach so manchem Mißgeschick die Ehre vorbehalten war, die Entscheidung herbeizuführen, rückte ihm auf den Leib; er versuchte, das Centrum Grants zu durchbrechen, ward aber zurückgeschlagen, und Grant ließ nun alle Verschanzungen von Petersburg gleichzeitig an= greifen. Die fünftägige Schlacht bei Petersburg (29. März bis 2. April) entschied den Fall der Stadt; Lee zog in der Nacht vom 2 auf den 3. April ab und räumte auch Richmond, zündete die südstaatliche Regierungsstadt an, sprengte seine Pulvermagazine und Panzerschiffe in die Luft und suchte mit dem Rest seiner Truppen nach Burkes= ville zu entkommen.

Der Hauptsitz der Rebellion war ein Trümmerhaufen geworden, die Union nach vier blutigen, schweren Jahren wieder erobert. In beiden Städten wurden die einziehenden Unionstruppen von der meist aus Negern bestehenden Be= völkerung mit Jubel empfangen; man gönnte den schwarzen Regimentern den Triumph, zuerst in Richmond einzuziehen, ihren General Weitzel an der Spitze, der zum Stadtkom= mandanten ernannt wurde. Grant aber zog den flüchtigen Rebellentruppen nach, um dem Bürgerkriege mit Einem Schlage ein Ende zu machen.

Präsident Lincoln hatte während des Kampfes in City= Point (unweit Petersburg am Jamesflusse gelegen) ver= weilt und von dort aus seine Depeschen an den Kriegs=

sekretär Stanton nach Washington gerichtet. Am Tage nach der Einnahme von Richmond begab auch er sich dahin; er zog nicht im Triumphzuge ein, nicht mit Musik und Fahnen und von siegreichen Kriegsschaaren begleitet, sondern mit seinem Söhnchen an der Hand (Robert, der älteste, war als Hauptmann im Stabe Grants mit dem Heere weiter gezogen), nur vom Admiral Porter geleitet, von dessen Schiffe aus er auf einem Boote sich nach Richmond rudern ließ. Nur von den wenigen mit Karabinern bewaffneten Seeleuten gefolgt, die ihn zur Stadt gerudert hatten, machte er zu Fuß seinen Rundgang und richtete seine Schritte nach dem Hauptquartiere des Generals Weitzel, der das Haus des entflohenen Jefferson Davis in Besitz genommen hatte. Doch unterwegs ward er erkannt, blitzschnell verbreitete sich die Kunde durch die Stadt: der Präsident ist gekommen, old Abe ist da! Und nun erhob sich unter der schwarzen und farbigen Bevölkerung ein Jubelgeschrei, die Männer sanken in die Kniee und vergossen Freudenthränen, die Weiber hielten jauchzend ihre Kinder in die Höhe, um ihnen Vater Lincoln zu zeigen, und das Gedränge ward so groß, daß der Präsident kaum von der Stelle konnte.

Lee's Armee war in voller Auflösung begriffen, und nachdem sein letzter Versuch, durch Sheridans Korps sich einen Weg nach Lynchburg zu bahnen, mißlungen war, bat er (am 9. April) um eine persönliche Zusammenkunft mit Grant. Sie ward ihm gewährt und die Kapitulation ab=

geschlossen unter so milden Bedingungen, als er sie in seiner verzweifelten Lage kaum hatte hoffen können. Nur die Waffen niederlegen und auseinandergehen! — mehr wurde nicht verlangt. Lee's Beispiel folgte General Johnston in Nord=Carolina. Damit war ein Krieg beendigt, der mehr als eine halbe Million streitbarer Männer hinweggerafft hatte — 325,000 Mann Unionstruppen, 200,000 Conföderirte!

Als Lincoln nach Washington zurückkehrte, ging ein grenzenloser Jubel durch die Regierungsstadt und von einem Staat zum andern. Alle guten Bürger fühlten es und sprachen es laut aus, daß ohne den ebenso ehrlichen als festen Präsidenten der Sieg nicht errungen worden wäre. Hatte er Strenge walten lassen müssen, so war doch diese nie ohne Milde gewesen, und seine wahrhaft christliche Gesinnung bewies es jetzt in glänzendster Weise, daß er auch seinen erbittertsten Feinden gegenüber keine Härte, keinen Groll walten ließ. Er hatte seinen Generalen die größte Schonung des Feindes zur Pflicht gemacht und nun, nachdem der Sieg vollständig errungen war, verzichtete er darauf, die flüchtigen Leiter der Rebellion gefangen nehmen zu lassen. General Sherman hatte wiederholt angefragt, wie er sich verhalten solle, im Fall man der Machthaber von Richmond, namentlich des Präsidenten Jefferson Davis sich bemächtigen würde. „Ich will Ihnen was sagen", erwiederte Lincoln, „hinten im Bezirk Sangamon lebte ein alter Mäßigkeitsprediger, der es mit der Lehre und Aus=

übung der Enthaltsamkeit sehr streng nahm. Eines Tages, nachdem er bei großer Hitze einen langen Ritt gemacht, kehrte er im Hause eines Freundes ein, der ihm eine Limonade bereitete. Während der Freund das milde Getränk mischte, fragte er einschmeichelnd seinen Gast, ob dieser nicht ein kleines halbes Tröpfchen von etwas Stärkerem darin haben möchte, damit er nach dem heißen Ritt die erschlafften Nerven ein wenig stärke. „Nein!" sagte der Mäßigkeitsapostel, „ich bin aus Prinzip dagegen. Aber — fügte er dann mit einem schmachtenden Blick auf die daneben stehende Flasche hinzu — wenn Sie es so machen könnten, daß ohne mein Wissen ein Tröpfchen hineinfiele, so denke ich, es würde mir nicht gerade sehr wehe thun." — „Sehen Sie, General!" schloß Lincoln, „meine Pflicht ist es, die Flucht von Jefferson Davis zu verhindern, aber wenn Sie es so machen und ihn ohne mein Wissen entfliehen lassen könnten, so denke ich, es würde mir nicht sehr wehe thun!"

Doch seinen Feinden war der edle Mann nur um so verhaßter, als und weil er ein herzensguter Mann war. Dieselben Anführer der Empörung, die Lincoln so großmüthig schonte, schmiedeten Rachepläne und bildeten ein Komplott, den Präsidenten meuchlings zu morden. Mit ihm sollten zugleich Grant, der Kriegsminister Stanton, der Staatsminister Seward fallen. Hatten sie mit Gewalt im offenen Felde nichts ausrichten können, so wollten sie es nun mit der Hinterlist versuchen. Waren die Häupter der republikanischen Partei gefallen, dann hofften sie in der allgemeinen Verwirrung wieder die demokratische Partei obenauf zu sehen und ihre Pläne auf Umwegen doch noch in Ausführung bringen zu können. Menschen, die für eine schlechte Sache kämpfen, machen sich auch über die schlechten Mittel, die sie in Anwendung bringen, kein Gewissen. Schon im Januar konnte man in der Selma Dispatch, einem im Staate Alabama herausgegebenen Blatte, folgende Anzeige lesen:

„Eine Million Dollars werden verlangt, um bis zum 1. März den Frieden zu erlangen. — Wenn die Bürger der südlichen Conföderation mir eine Million in baarem Gelde oder in gutem Papier liefern wollen, so werde ich Abraham Lincoln, William H. Seward und Andrew Johnson bis zum 1. März ermorden lassen. Dieß wird uns zum Frieden verhelfen und die Welt überzeugen, daß Tyrannen in einem freien Lande nicht leben können. Wenn dieß nicht ausgeführt wird, so wird nichts reclamirt werden, mit Ausnahme einer Summe von 50,000 Dollars, die vorausbezahlt werden muß und die nothwendig ist, um die drei Schurken zu erschlagen. Ich selbst werde 1000 Dollars zu diesem patriotischen Werke beisteuern. Jeder, der sich an diesem Werke betheiligen will, schreibe an das Fach X Cahaba, Alabama. Dezember 1. 1864."

Seine Freunde hatten den Präsidenten wiederholt gewarnt, auf seiner Hut zu sein und für die Sicherstellung seiner Person größere Sorge zu tragen. Als ihm ein Mit=

glied seines Kabinets bemerklich machte, daß in der großen Unionshauptstadt Washington sich leicht von den Rebellen gedungene Meuchelmörder verbergen könnten, öffnete der Präsident ein Pult und zog ein Pack Briefe hervor. „Da sehen Sie — sprach er — eine Anzahl Drohbriefe, von denen jeder mir die Ermordung in Aussicht stellt. Ich müßte sehr nervös und aufgeregt sein, wenn ich über diesen Gegenstand lange nachdenken wollte. Auch habe ich alle Gedanken mit folgender Erwägung abgewiesen: Der Gelegenheiten, mich zu morden, gibt es so viele, daß, wenn Verräther wirklich mit solchen Gedanken umgingen, ich bei dem besten Willen einem solchen Schicksal nicht entrinnen könnte. Was soll ich mir daher ganz unnütze Sorgen machen?"

Es war am 14. April, dem Churfreitag des Jahres 1865, am selben Tage als vor vier Jahren das Sternenbanner der Union auf Fort Sumter gesunken war, als in Washington die Nachricht eintraf, die Nationalflagge sei wieder aufgehißt worden. Allgemeine Freude herrschte in Washington und auch Lincoln war heiter gestimmt. Er hatte mit seinem Sohne Robert gefrühstückt und sich von ihm, der soeben vom Schlachtfelde zurückgekehrt war, alle Einzelheiten der letzten Kämpfe bis zur Kapitulation Lee's erzählen lassen. Um 11 Uhr hatte eine Kabinetssitzung stattgefunden, an der sich General Grant betheiligte; man hatte sich bald über die Grundsätze geeinigt, nach denen die Regierung vorgehen müsse, um die tiefen Wunden des

Landes zu heilen und die gesetzliche Ordnung wieder herzustellen. Nach der Mittagstafel unterhielt sich der Präsident sehr eingehend mit einer Deputation von Bürgern aus Illinois, und Abends empfing er noch Herrn Colfax, den Sprecher des Repräsentantenhauses und Herrn Ashman, den Vorsitzenden bei der Chicago-Volksversammlung von 1860. Man sprach über Lincolns Ausflug nach Richmond, und einer der Anwesenden machte die Bemerkung, daß die Anwesenheit des Präsidenten in der Hauptstadt der Rebellion doch für dessen Leben hätte gefährlich werden können. Lincoln gab scherzend zu, daß auch er sich würde beunruhigt haben, wenn unter den obwaltenden Umständen ein Anderer als Präsident nach Richmond gegangen wäre; für sich selber sei er jedoch gar nicht besorgt gewesen.

Für den Abend war der Präsident und General Grant in's Theater geladen worden. Der Charfreitag wird in den Vereinigten Staaten nicht wie bei uns in Europa gefeiert, man hält die Läden und Theater offen. Obwohl Mistreß Lincoln etwas leidend und nicht für den Besuch des Theaters gestimmt war, wollte der Präsident doch, da man schon in den Zeitungen seinen Besuch gemeldet hatte und das über die Siegesnachrichten froh erregte Publikum voraussichtlich zahlreich versammelt sein würde, sein Erscheinen nicht ablehnen. Er lud Herrn Colfax ein, ihn zu begleiten, dieser lehnte ab. Grant hatte seine Abreise zur Armee beschleunigt, und so fuhr denn der Präsident mit seiner Gemahlin gegen 8 Uhr Abends allein vom

Weißen Hause*) ab und ließ vor dem Hause des Senators
Harris halten, um Fräulein Clara Harris und deren Stief=
bruder Major Rathbone abzuholen.

Man hatte für den Präsidenten und seine Gesellschaft
eine Proseniumsloge ersten Ranges, die im zweiten Stocke
lag, reservirt und vorn mit dem Sternenbanner geschmückt.
Hinter dieser Loge lief ein dunkler Korridor, dessen Wand
einen spitzen Winkel mit einer der Thüren bildete, welche in
die Doppelloge führten. Dort hatte sich ein kräftiger junger
Mann aufgestellt, mit Sporen an den Stiefeln und keines=
wegs in der Toilette, die man für das Theater wählt. Er
hatte mit großem Scharfsinn seine Vorsichtsmaßregeln ge=
nommen, durch ein zuvor in die Logenthür gebohrtes Loch
gesehen, daß der Präsident in einem Schaukelstuhle zunächst
dem Orchester saß, neben ihm seine Gemahlin, Fräulein
Harris in der Ecke, zunächst der Bühne der Major
Rathbone, auf dem Divan an der Hinterwand.

Das Stück, welches gespielt wurde, hieß: „Unser
amerikanischer Vetter." Während die Zuschauer ihre Auf=
merksamkeit auf die Bühne richteten, trat der genannte
ruchlose Mensch — es war der Schauspieler Wilkes Booth,
ein fanatischer Anhänger der südstaatlichen Partei — in
die leise geöffnete Thür der Loge, schloß sie schnell, ging

---

*) So heißt das aus weißem Marmor erbaute Kapitol von
Washington, worin die Abgeordneten der Vereinigten Staaten sich
versammeln, die Regierung ihre Sitzungen hält und der Präsident
seine Wohnung hat.

keck vor, zog sein scharf geladenes Pistol und schoß sicher und fest zielend dem arglos dasitzenden Präsidenten durch's Hinterhaupt. Ein Mal noch hob das Opfer des Mörders sein Haupt, dann sank es und die Augen schloßen sich, obwohl der kräftige Mann noch athmete.

Major Rathbone, der sich nach dem Pistolenknall umsah und im Pulverrauch einen Mann stehen sah, sprang schnell entschlossen auf diesen ein und packte ihn; Booth aber warf die Pistole fort, zog ein starkes Bowiemesser und führte einen Stoß auf die Brust seines Angreifers. Dieser parirte den Stoß mit seinem Arm, der eine tiefe Wunde erhielt. Nun sprang Booth nach der Brüstung der Loge und obwohl ihn Rathbone abermals am Rocke festzuhalten suchte, schwang er sich hinauf und rief, sein Messer schwingend: „Rache für den Süden!" Dann sprang er mit einem Satze auf die Bühne hinab, verwickelte sich jedoch mit einem Sporn in das Unionsbanner, von dem er ein Stück abriß, so daß er unten angelangt zu Boden stürzte. Den Fuß hatte er sich verrenkt; das hinderte ihn jedoch nicht, schnell wieder auf die Beine zu kommen. Er schwang abermals sein blutiges Messer und recitirte in theatralischem Pathos den Wahlspruch des Staates Virginien: „Sic semper tyrannis!" (So geschehe allen Thrannen allezeit!) Da er mit allen Thüren und Gängen der Bühne genau bekannt war, gelang es ihm, schnell zu entkommen. Draußen stand schon ein gesatteltes Pferd, das ein Knabe hielt. Er bestieg's und sprengte in der Dunkelheit davon.

Die Aufregung und Verwirrung im Theater war unbeschreiblich; sie ward noch gesteigert durch die Nachricht, daß auch Seward ermordet worden sei. Ein fremder Mensch war bewaffnet in dessen Krankenzimmer gedrungen — denn der Staatssekretär hatte bei einer unglücklichen Ausfahrt Arm und Kinnlade gebrochen und lag schwer darnieder — hatte Alle, die sich ihm entgegenstellten, niedergeschlagen und dann dem in seinem Bette liegenden Kranken mehrere Stiche in den Hals versetzt, die zum Glück nicht tödtlich waren und nur einen starken Blutverlust zur Folge hatten.

Die Kugel, welche das Leben des Präsidenten raubte war vom linken Schläfenbein, das sie durchbrach, nach dem rechten Ohr vorgedrungen; das Blut strömte aus der Wunde, es floß aber auch Gehirnmasse aus und Hilfe war unmöglich. Man brachte den tödtlich Verwundeten in ein nahes Privathaus, das Volk lagerte vor der Thür, bis zum letzten Augenblick sich der Hoffnung hingebend, es sei doch vielleicht noch Rettung möglich. Lincoln hatte auf der Stelle das Bewußtsein verloren und gewann es nicht wieder; seine Brust hob sich einige Mal, dann athmete er leise fort, bis sich ohne Zuckungen und Röcheln am andern Morgen um halb acht Uhr die Seele von ihrer sterblichen Hülle löste. Der Jammer der Seinen, die Thränen, deren sich auch die festesten Männer nicht erwehren konnten, die an seinem Lager standen, das Wehklagen des Volkes, das seinen Präsidenten wie einen Vater geliebt hatte, boten erschütternde Scenen dar. Nie ist wohl der Jubel eines

Volkes auf so schnelle und schmähliche Weise in tiefste
Trauer verwandelt worden, als es am Charfreitage 1865
zu Washington geschah, und schwerlich ist ein Fürst „von
Gottes Gnaden" mit so aufrichtigen und heißen Thränen
beweint worden, als dieß bei der Kunde vom Tode Abraham
Lincolns, des aus dem Volke hervorgegangenen ersten Be=
amten des Volkes, geschah. Die Trauerkunde durchlief die
ganze Union, die Weiber und Kinder der Schwarzen zogen
heulend und schluchzend durch die Straßen, und die Neger
klagten, bange vor der Zukunft, daß ihr Vater gemordet
sei. Selbst in den Südstaaten ward die Trauerkunde nicht
ohne tiefe Erschütterung vernommen, denn so sehr auch dort
alle Bande der Ordnung und des Gesetzes gelöst waren, so
gab es doch noch menschliche Herzen genug, welche ihre
edleren Gefühle nicht im Parteienhaß erstickt hatten.

Abraham Lincoln hatte erst sein 57. Jahr begonnen,
als ihn die Kugel des Verruchten traf; es war im zweiten
Monat seiner zweiten Präsidentschaft. In der Reihe der
Präsidenten war er der sechszehnte.

Nachdem der geliebte Todte einbalsamirt worden war,
stellte man ihn im Paradebett auf prachtvollem Katafalk im
Bundespalast aus. Tausende von weißen und schwarzen
Männern und Frauen drängten sich herzu, um noch einmal
das Antlitz des Vaters der Nation zu sehen. Die Leiche
sollte in Springfield ruhen, wo der Hingeschiedene sein
Daheim gegründet und sich so wohl gefühlt hatte. Der
Trauerzug bewegte sich durch alle die Staaten und Städte,

die der neu erwählte Präsident vor noch nicht langer Zeit, vom Jubelgeschrei des Volkes begrüßt, durchzogen hatte. Wiederum wurden, sobald der Leichenzug anlangte, Glocken geläutet und Kanonen gelöst, aber dießmal waren es Trauertöne, welche in das Schluchzen und Klagen der Menge sich mischten.

Der reizend gelegene Oakwood=Friedhof*) zu Spring= field empfing die sterblichen Reste und ward fortan der Wallfahrtsort eines treuen, dankbaren Volks. Ein schönes Denkmal ist dem großen Mann 1868 zu Washington vor dem Weißen Hause errichtet worden.

* * *

Was ein Mann wie Abraham Lincoln zu bedeuten hat, das wird erst im Lauf der Zeiten offenbar, wenn das, wo= für der Held lebte und litt, strebte und starb, sich aus dem trüben Gährungsprozesse einer Uebergangsepoche geläutert, klar und rein hervorgearbeitet hat. Daß der Wohlstand vieler tausend Bürger der Südstaaten zerrüttet, daß von der Wirksamkeit der Kirche und Schule in diesem Theile der Union nicht mehr die Rede und demzufolge eine Ver= wilderung eingetreten war, die erst durch viele Friedens= jahre bewältigt werden kann; daß auch in den Nordstaaten durch den Bürgerkrieg Alles gelockert, Schwindel und Be= trug, Bestechung und Heuchelei obenauf gekommen war,

---

*) Eichwald—Friedhof.

daß endlich die plötzlich befreiten Neger von demüthigen Arbeitssklaven zu Bürgern und Vertheidigern des Vaterlandes emporgehoben, hier und da aus der Freiheit schnell zur Frechheit übergingen, und mit soldatischem Uebermuth und der Rohheit ihrer Race ihre weißen Mitbürger schreckend, kein erfreuliches Bild darboten; daß Tausende von Negerfamilien zu Grunde gingen, weil sie nicht arbeiten wollten und nicht mehr von ihren weißen Herren gepflegt wurden; diese dunkeln Schatten stehen unheimlich genug hinter dem lichten Charakterbilde des edeln Lincoln und wir dürfen unsern Blick nicht davon abwenden. Man hat gefragt, ob Lincoln, wenn er leben geblieben wäre, auch im Stande gewesen sein würde, die ungeheuren Aufgaben, die sich nun dem Präsidenten der Union aufdrängten, zu lösen? Und Viele haben mit einem bedenklichen Nein geantwortet.

Nun freilich, alles Unebene eben zu machen, alle Probleme zu lösen, die schwarze Race mit Einem Ruck in das rechte Verhältniß zur weißen zu bringen, das hätte kein Engel vom Himmel vermocht, geschweige ein dem Irrthum unterworfener Sterblicher. Aber daß Abraham Lincoln in seiner sittlichen Reinheit und Hoheit, in seiner milden Gesinnung und Menschenfreundlichkeit in Verbindung mit seiner unbeugsamen Festigkeit und Selbständigkeit der rechte Mann gewesen wäre, in die zerrütteten Verhältnisse der Republik ordnend und neugestaltend einzugreifen, das liegt klar genug zu Tage und springt in's Auge, wenn man auf seinen Nachfolger Johnson sieht, den Demokraten aus

Tennessee, der als Vicepräsident sich wider Erwarten plötzlich auf den Präsidentenstuhl gehoben sah. Dieser charakterlose und unwürdige Beamte nahm beim Tode Lincolns den Mund voll, als werde er in den Fußstapfen seines großen Vorgängers wandeln und dessen Grundsätze mit aller Macht zur Geltung bringen. Aber bald änderte er die Farbe, liebäugelte mit dem Süden, entfernte die treuen Anhänger Lincolns aus dem Kabinet und beugte das Gesetz mit schamloser Frechheit. Der Senat machte ihm vor Kurzem (im Jahre 1868) den Prozeß, und nur durch Bestechung einiger Senatoren entging er der Verurtheilung. Zum Heil der Union ist, während Verfasser diese Zeilen schreibt, die größte Wahrscheinlichkeit vorhanden, daß Ulysses Grant, der Oberfeldherr, der in Verbindung mit General Sherman der Rebellion ein Ende machte, für die nahe bevorstehende Wahl zum Präsidenten die Mehrzahl der Stimmen erhalten, und daß dieser auch als Mensch achtbare Mann das Staatsruder im Sinn und Geist Lincolns ergreifen und das Schiff durch alle Untiefen und Klippen glücklich hindurchführen wird.

Solche Helden und Herolde der Freiheit wie Washington und Lincoln haben nicht für ihre Zeit, sie haben für alle Zeiten gelebt, der Geschichte ihrer Zeit ihr Gepräge aufgedrückt, gleichwie sie ihr Leben zu einem vorleuchtenden erhoben und läuterten. Und wie ein Washington und Franklin bei Jung und Alt im lieben deutschen Vaterlande so bekannt sind, als gehörten sie unserem eigenen Volke an, so muß sich auch das Bild des ehrlichen Abe tief einprägen in unsere Herzen, es muß bei uns heimisch werden. Steht doch Lincoln in der großartigen Weise, wie er den Begriff der Menschheit erfaßte, uns Deutschen ganz besonders nahe, die wir mehr als alle andern Nationen befähigt sind, die beengenden Schranken der Nationalität zu überwinden und in Jedem, weß Standes und Volkes er sei, die Menschheit zu ehren und zu achten. Jeder deutsche Mann, der über Lincoln spricht und schreibt, soll es laut verkünden und insbesondere der deutschen Jugend an's Herz legen, daß Lincoln unter allen amerikanischen Staatsmännern das deutsche Wesen am tiefsten erkannt und wider die Angriffe amerikanischer Knownothings, die auf ihre Geburt pochten, am wirksamsten in Schutz genommen hat. Wir haben schon oben erwähnt, wie Lincoln die Deutschen in der Union sich zu Freunden machte; er wußte, daß sie frei von Selbstsucht und nationalem Dünkel die großen Gedanken der Freiheit und Gleichberechtigung der Menschen zur Freiheit am reinsten erfaßten. Das hat er unter Anderem in zwei herrlichen Briefen an unsern deutschen Landsmann Dr. Th. Canisius, gegenwärtig nordamerikanischer Konsul in Wien, ausgesprochen, der in Springfield mit ihm persönlich bekannt wurde und sich die Freundschaft des großen Mannes gewann. *)

*) Vergl. Feuilleton der Neuen Fr. Presse Nr. 239, 1865.

Der erste Brief bezieht sich auf ein vom Staate Massachusetts zu Gunsten der „Nativisten" oder „Knownothings" gestelltes Amendement und charakterisirt den Schreiber desselben gleich vortheilhaft durch die Entschiedenheit und Mäßigung, mit der er den vorliegenden Fall auffaßt und in's rechte Licht setzt: Er lautet:

„Springfield, 17. Mai 1859.

Herrn Dr. Theodor Canisius.

Werther Herr!

Ihren Brief, in welchem Sie für sich selbst und andere Bürger deutscher Abkunft fragen, ob ich für oder gegen die Konstitutionsklausel bin, in Bezug naturalisirter Bürger, die kürzlich von Massachusetts angenommen wurde, und ob ich für oder gegen eine Fusion*) der Republikaner und anderer Oppositions-Elemente für die Wahlcampagne von 1860 bin, habe ich erhalten.

Massachusetts ist ein souveräner und unabhängiger Staat, und ich bin nicht befugt, denselben für das, was er thut, zurechtzuweisen. Wenn man jedoch aus dem, was derselbe gethan, einen Schluß zu ziehen sucht, was ich thun würde, so kann ich wohl, ohne unbescheiden zu sein, mich aussprechen. Ich sage deßhalb, daß ich, so wie ich die Massachusetts-Clausel verstehe, **gegen die Annahme derselben bin**, sowohl in Illinois als an irgend einem andern Orte, wo ich das Recht habe, ihr

---

*) Verbindung verschiedener Parteien.

entgegenzutreten. Indem ich den Geist unserer Institutionen so verstehe, daß derselbe die **Erhebung der Menschen** anstrebt, bin ich Allem entgegen, was zur Erniedrigung derselben beiträgt. Es ist ziemlich allgemein bekannt, daß ich die unterdrückte Lage der Neger bemitleide, ich würde folglich ganz merkwürdig inkonsequent sein, wenn ich irgend eine Maßregel begünstigen könnte, welche die Tendenz hat, die bestehenden Rechte **weißer Männer** zu beeinträchtigen, wenn sie auch in einem andern Lande geboren sind oder eine andere Sprache sprechen als die meinige.

Was nun die Sache einer Fusion anbelangt, so bin ich für eine solche, wenn dieß auf republikanischen Grundsätzen gethan werden kann; doch unter **keiner andern Bedingung** bin ich dafür. Eine Fusion unter anderen Bedingungen würde ebenso lächerlich als prinziplos sein. Es würde dadurch der ganze Norden verloren gehen, während der gemeinsame Feind doch noch den ganzen Süden für sich gewinnen würde.

Die Frage, in Bezug auf Männer, ist eine verschiedene. Es befinden sich gute und patriotische Männer und fähige Staatsmänner im Süden, die ich mit Freuden unterstützen würde, wenn sie sich auf den Boden republikanischer Grundsätze stellten; aber ich bin dagegen, daß das republikanische Banner auch nur um ein Haar breit gesenkt wird.

Ich habe dieß in Eile geschrieben, aber ich glaube, daß es Ihre Fragen im Wesentlichen beantwortet.

Ihr ergebener Abraham Lincoln."

Am 4. Juli 1858 feierten die deutschen Republikaner Chicagos in Wrights Grove den Tag der Unabhängigkeitserklärung der Vereinigten Staaten in ganz besonders feierlicher Weise, da Ihnen von den Damen der 7. Word eine prachtvoll gestickte Fahne überreicht wurde. Lincoln wurde von dem Comité eingeladen, dem Feste beizuwohnen; da ihn aber anderweitige Engagements abhielten, der Einladung Folge zu leisten, so schrieb er dem Comité den folgenden Brief:

Springfield, 30. Juni 1858.

Meine Herren! Ihr gütiger Brief, der mich einladet, Ihrer Feier des Jahrestages der amerikanischen Unabhängigkeit beizuwohnen, die am 4. stattfindet, und bei welcher Gelegenheit den deutschen Republikanern der 7. Word Ihrer Stadt ein Banner überreicht werden soll, ist mir zugekommen. Ich bedauere, erklären zu müssen, daß meine Engagements derart sind, daß ich nicht bei Ihnen sein kann. Ich habe mehrere Einladungen vorher erhalten, die ich alle abzulehnen gezwungen war, bis auf eine, die mir einen einzigen Tag von meiner Zeit fortnehmen wird. Ihrem Feste beizuwohnen würde wenigstens vier erfordern.

Ich sende Ihnen einen Toast:

Unsere deutschen Mitbürger — stets der Freiheit, der Union und der Constitution treu — treu der Freiheit, nicht aus Selbstsucht, sondern aus Prinzip — nicht für specielle Klassen von Menschen, sondern für **alle** Menschen; treu der Union und der Constitution, als die besten Mittel, jene Freiheit zu fördern — Hoch!

Ihr gehorsamer Diener   A. Lincoln."

Das sind zwei kostbare Reliquien, und Verfasser glaubt, seine biographische Skizze nicht besser schließen zu können, als mit der Mittheilung dieser Briefe. Man liest den Toast und liest ihn wieder, freuet sich und staunt zugleich ob der einfachen Größe des Mannes, der also auf den Höhen der Menschheit wandelte.